체르노빌의 아이들

CHERNOBYL NO SHONENTACHI
by TAKASHI HIROSE
Copyright ⓒ 1990 by TAKASHI HIROSE
All rights reserved.
Original Japanese edition published by Shinchosha
Korean translation rights arranged
with TAKASHI HIROSE. Tokyo, Japan
through COREA LITERARY AGENCY, Seoul.
Korean translation right ⓒ Prometheus Publishers

이 책의 한국어판 저작권은
저자 히로세 다카시와의 직접 계약으로 프로메테우스출판사에 있습니다.
저작권법에 의해 한국 내에서 보호받는 저작물이므로
무단 전재나 무단 복제를 금합니다.

체르노빌의 아이들

히로세 다카시 지음 | 육후연 옮김

프로메테우스출판사

옮긴이 **육후연**

경남 삼천포 출생.
후따바 일본어전문학교를 졸업하고
한국정치신문사 편집기자로 활동하다가
현재 출판기획과 번역자로 활동 중이다.
옮긴책으로는 《도련님》《사양》《열한 살 우리 오빠》가 있다.

체르노빌의 아이들

개정판 1쇄 인쇄　　2019년 6월 5일
개정판 1쇄 발행　　2019년 6월 7일

펴낸이 _ 신충일
펴낸곳 _ 프로메테우스출판사
등록번호 _ 제 2003-000153호
주소 _ 서울 마포구 독막로6길 9 2층 2118호
전화 _ 3142-1012　　팩스 _ 3142-1013
E-mail _ prometheus-pub@hanmail.net
ISBN 978-89-91503-23-6　03830

차례

운명의 금요일 7
죽음의 대초원 23
둘째 날 밤의 방문객 42
위험지대로부터의 탈출 58
외로운 소년 75
검문 90
병동 106
수색 122
키예프의 하늘 아래 138
탈출 154
저자 후기 168

운명의 금요일

콰쾅!

거대한 폭발음이 우크라이나 밤하늘에 울려 퍼졌다.
때는 1986년 4월 26일 새벽 1시 30분. 시각을 이토록 정확하게 밝혀두는 까닭은 이 사건이 인류에게 있어 결코 평범한 사건이 아니었으며, 머지않아 상상을 초월하는 대참사로 이어졌기 때문이다. 물론 당시엔 세상 어느 누구도 사건의 심각성을 알지 못했다. 이 광경을 처음으로 목격한 지역 주민들 역시 일순간 공포에 휩싸여 넋을 잃은 채 어둠 속에서 얼어붙고 말았으며 그저 눈앞에서 활활 타오르는 불덩어리만을 바라볼 뿐이었다.

이윽고 폭발한 건물에서 치솟는 새빨간 불길은 뱀의 혓바닥처럼 우크라이나의 아름다운 밤하늘에 날름거렸고, 불길이 흔들릴 때마다 사각 콘크리트 건물의 새빨간 건물 그림자가 움직였다. 그것은 마치 한 마리의 거대한 새가 춤추는 것처럼 보였는데, 건물 중심부에서 하늘로 뻗어 있는 굴뚝은 새의 가느다란 목처럼 보였고 그 좌우에 있는 구조물은 양쪽 날개처럼 보였다.

열다섯 살의 소년 이반은 이 광경을 처음부터 끝까지 지켜보고 있었다. 정적만이 감돌던 밤하늘에 갑작스럽게 불꽃이 일어나고, 그 불똥이 사방으로 무서운 소리를 내며 날아다녔던 광경을······.

사실 조금 전까지만 해도 이반은 내일 아침 학교에 가서 카리나에게 자기 마음을 담은 편지를 전해줄까 말까 고민하고 있던 참이었다. 그런데 침대에서 내려와 커튼을 젖히고 아파트 4층 창문 밖을 바라본 순간, 저 멀리 발전소에서 박살난 콘크리트 덩어리들이 갑자기 허공으로 튀어 오르고 번쩍이는 섬광으로 인해 어두운 밤하늘이 대낮처럼 밝아지는 것이 보였다. 이반은 마치 꿈을 꾸고 있는 기분이 들었다. 그때 '쾅!' 하는 엄청난 소리가 들려왔다. 동시에 유리창이 요란한 소리를 내며 마치 지진을 만난 것처럼 아파트 전체가 무섭게 흔들렸다.

'사고가 났구나!'

순간, 이반의 머릿속에 스친 생각은 이 한 가지뿐이었다. 이반은 손끝이 덜덜 떨리고 온몸이 얼어붙는 듯했다. 아빠를 부르려 했지만 입술이 떨어지질 않았다. 아니, 온몸이 굳어 버려 옴짝달싹할 수 없었다.

밤공기를 가르며 하늘 높이 거대한 불기둥이 솟구쳤다. 잠시 후, 불기둥을 타고 올라갔던 불덩어리들이 다시 천천히 건물 위로 떨어지면서 연쇄폭발을 일으키기 시작했다. 체르노빌 원자력 발전소는 불길에 휩싸인 채 고막을 찢는 듯한 폭음을 내며 연거푸 폭발했다. 돌이킬래야 돌이킬 수도 없는 무서운 사고가 마침내 일어난 것이다.

이반은 자신도 모르게 두 손을 모으고 기도했다.

'오! 하느님, 제발 도와주세요. 이건 꿈이겠죠?'

기도하던 이반은 폭발 소리에 놀란 아파트 주민들의 비명 소리에 정신이 퍼뜩 들었다.

"아냐, 이건 꿈이 아니야. 모두들 소리지르고 있잖아. 뭔가 끝장이 나 버린 거야."

이반이 얼이 빠져서 혼자 중얼거리고 있을 때, 누군가 방 문을 열고 들어왔다.

"얘야……."

엄마 타냐였다. 그녀는 더 이상 말을 잇지 못하고 문 앞에 서 있었다.

"엄마, 발전소가 불바다가 됐어요. 우리 어떡해요?"

줄곧 창 바깥만 쳐다보던 이반은 털썩 주저앉았다. 그러고선 어깨를 들썩거리며 울음을 터뜨렸다. 타냐는 그런 아들을 달래고 싶었지만 그냥 내버려두기로 했다.

아파트 안의 소란은 점점 커져만 갔다. 잠시 후, 이반은 더 이상 울지 않겠다고 다짐이라도 한 듯 눈물을 닦고 일어나 엄마의 표정을 살폈다. 불을 켜지 않은 방 안은 어슴푸레했지만 엄마의 얼굴이 창백해진 것을 이반은 알 수 있었다. 엄마의 그런 모습에서 이반은 앞으로 닥쳐올 재난이 느껴져 더욱 두렵기만 했다. 그렇게 한동안 모자는 말없이 서로 불안한 눈길만을 주고받았다.

"전화가 불통이야!"

아빠 안드레이가 두 사람이 있는 방으로 들어와 거칠고 굵직한 목소리로 말했다.

"이네사를 깨워서 대피할 준비를 합시다. 어서, 타냐! 일단 아이들을 살려야 하잖소."

이미 대피하는 사람들의 분주한 발자국 소리가 아파트 전체에 울렸다. 어떤 남자들은 가재도구를 한아름 안고 계단을 내려가 자신의 차로 옮기고 있었다. 그런 가운데서도 창 밖으로 보이는 체르노빌 원자력 발전소는 점점 불길이 거세져 일 미터 가량 되는 높이의 불꽃이 상공에 커다란 원호를 그리며 계속 세력을 넓혀 가고 있었다.

"이게 우리가 믿어왔던, 세계에서 가장 안전한 발전소였단 말인가요?"

타냐는 비로소 입을 열었다. 조용한 음성이었지만 왠지 매서운 노여움이 가득 담겨 있었다.

그랬다. 세계에서 가장 안전한 발전소…… 타냐는 남편 안드레이로부터 끊임없이 이 말을 들었고, 바로 어제까지만 해도 아무 사고 없이 그 사실은 증명이 되었었다. 타냐뿐만 아니라 모든 사람들이 그렇게 믿었었다. 이토록 무서운 함정이 있을 줄은 주민 누구도 예상치 못했던 일이었다. 그런데 어떻게 그런 발전소가 폭발했단 말인가?

사실 이곳 프리프야트 마을은 세계 제일의 원자력 기지를 꿈꿔 왔다. 그리고 이제 2년 후면 그 계획이 실현될 전망이었다. 사정이 그러하기에, 아파트의 주민만 보더라도 지역의 대단한 자랑거리인 발전소에서 일하고 있는 직원 가족이 대부분이었다. 특히 안드레이 세로프는 그러한 발전소의 책임자였기 때문에 지금까지 그 사실을 자랑스럽게 여기며 살아왔다.

안드레이는 설계에서부터 발전소의 가동에 이르기까지 전 과정을 총괄하는 담당자였다. 그는 매사에 신중했고 대충 넘어가는 법이 없었다. 그렇기에 모든 지시에 만전을 기하며 발전소의 백 퍼센트 안전을 보증했다. 그러나 오늘밤 아내의 한마디는 여태껏 쌓아온 모든 노력을 부정해 버렸고, 이 상황에서 그는 한마디도 반론할 수가 없었다. 지금 '안드레이의 발전소'는 말그대로 활활 타오르고 있었기에…….

아빠의 얼굴을 쳐다보려고도 하지 않은 채, 이반은 안드레이가 건네준 수건을 방바닥에 내던지며 말했다.

"이걸 덮어쓴다고 도움이 될 것 같아요?"

"아빠 말을 잘 듣거라. 어쨌든 차 있는 곳까지는 쓰고 가야 해. 그게 훨씬 낫단다. 자, 얼른 덮어쓰렴. 그리고 아직 죽는다고 결정난 것도 아니잖니? 우린 살 수 있단다. 아빠가 약속하마."

남편의 말을 듣고 있던 타냐가 정신을 차리고 바닥에 떨어진 수건을 급히 주워 아들의 손에 쥐어 주었다. 그리고 창 밖을 힐끗 한번 훔쳐보고선 아래층에서 아무것도 모른 채 잠자고 있을 딸 이네사에게 황급히 달려갔다.

이네사는 이제 겨우 열한 살이었다. 타냐가 딸을 안아 올리려는 순간, 스피커에서 안내 방송이 흘러나왔다.

주민 여러분들은 최소한의 짐만 챙겨 신속하게 대피하시길 바랍니다. 지금 소방대가 계속 진화 작업을 하고 있으니 불안해하지 말고 아이들을 먼저 대피시키십시오. 또한 아이들에게 지급되는 약은 받는 즉시 복용시켜 주십시오. 모두들 우선 창문부터 완전히 닫으십시오.

 스피커에서는 주민들이 공포심을 느끼지 않도록 말 한마디 한마디마다 조심하며 방송하고 있었다. 하지만 그것은 오히려 이 절망적인 사고가 피할 수 없는 끔찍한 현실이라는 점을 주민들에게 새삼 확인시켜 주는 듯했다.
 삐익 삐익 잡음을 내며 들려오는 스피커 소리가 세 사람의 가슴을 날카롭게 후비고 있을 때, 이네사가 깨어났다. 아이는 비록 몸은 약했지만 총명했다. 엄마 아빠뿐만 아니라 오빠까지도 한밤중에 일어나 있는 것을 의아하게 생각한 이네사는 세 사람의 표정을 조심스레 살피다가 뭔가 큰일이 생겼음을 눈치챘다. 이네사가 아빠에게 물었다.
 "지금 어디 가는거야?"
 "깨어났구나, 이네사. 그래, 꽤 멀리 가야 한단다. 알겠니? 될 수 있는 한 이곳에서 멀리 가는 거야. 자, 그럼 세 사람은 어서 떠날 준비를 해야지."
 순간 타냐는 남편의 말에 가슴이 탁 막혔다.
 "세 사람이라니요? 당신은 같이 가지 않는단 말예요?"
 "나는……."
 안드레이는 고개를 떨구고 아내의 양 어깨에 가만히 손을 얹었다.

"나는 당분간 여기 남아 사태 수습을 도와야 된다오. 나는 남자잖소. 게다가 책임자 중 한 사람이고. 지금 이곳을 떠난다면 비겁한 놈이 되는 거라오. 일반 직원과 다르게 난 책임질 일이 있소. 자, 그보다 어서 수통에 물을 채우고 먹을 것과 갈아입을 옷도 어서 준비해요. 이반, 이네사 알았지? 무슨 일이 생겨도 될 수 있는 한 여기서 멀리 가야 한다. 그러면 괜찮을 거야. 아빠 말을 명심하고 현명하게 행동하렴. 제발, 타냐. 부탁하오."

그러나 지금 이곳에서 일어난 불은 사람들이 일반적으로 알고 있는 그런 화재가 아니었다. 여간해서는 불이 붙지 않는 흑연까지 타고 있었던 것이다. 그리고 이미 폭발한 원자로에 물을 뿌리는 것은 원자로 내부의 핵반응을 더욱 부채질하는 요인이기 때문에, 만약 현장에 물리학자가 있었다면 물로 불을 끄는 행동은 절대 못하게 했을 것이다. 그럼에도 현장에 급히 출동한 소방대원들은 미처 알지 못했다. 이 불 역시 평상시의 화재로 여겼을 뿐.

최초의 폭발은 4호로에서 일어났다. 그러나 불길은 거기에 그치지 않고 옆의 3호로로 번지려 하고 있었다. 사태는 점점 최악의 상황으로 치달았다. 소방대원들은 결사의 각오를 하고 불길 속으로 뛰어들어갔다. 핵반응에 관한 지식이 전혀 없었던 소방대원들은 당연히 불길을 잡는 데 물을 사용했다. 그들은 최대한 불길 곁에 바짝 다가가서 폭포처럼 물줄기를 퍼부어댔다. 하지만 4호로에서 솟아오른 불길은 점점 더 거세져 마침내 원자로 내부의 금속들을 모두 녹여 버리고 부글부글 끓어오른 쇳물을 상공으로 토해내고 있었다.

이 정도 사태라면 안드레이가 보기에도 거의 절망적이었다. 일반 화재라면 불길이 검은 연기를 내뿜으며 건물로 타들어 가는 것이 고작일 터였다. 그러나 이 화재는 건물 위에 우뚝 선 불기둥이 끝없이 하늘로 치솟고 있어, 인간의 힘으로 그 엄청난 힘을 잠재우기란 도저히 불가능해 보였기 때문이다.

이반은 창가에 서서 화재를 지켜보고 섰던 아빠가 갑자기 맥없이 허리를 굽히는 것을 보았다. 여태껏 한번도 본 적 없는 애처로운 모습이었다.

"아빠, 같이 가요!"

이반은 자기도 모르는 사이에 아빠에게 외쳤다.

"이미 끝장이에요. 아빠가 남는다고 무슨 도움이 되겠어요? 모두 다 떠나는데, 혼자 남아 있어봐야 죽을 뿐이에요. 죽는다고요! 아빤 우리와 다시 못 만나도 좋아요?"

그러나 뒤돌아보는 안드레이의 얼굴엔 아무 표정이 없었다. 이네사가 울음을 터뜨리면서 와락 아빠의 무릎에 매달렸다. 이반이 계속 큰 소리로 외쳐댔다.

"저도 안 갈래요! 아빠와 함께 죽을래요!"

"바보 같은 소리 하지 마라. 내가 여태까지 무엇 때문에 살아왔는데, 너희만 무사하면 아빠 그것으로 행복하다. 다른 건 아무것도 필요 없어. 알겠니? 얼른 여기서 빠져나가야 해."

그때, 아파트 각 방을 돌아다니며 연락 사항을 전달하던 발전소 직원이 세로프 가족에게 들이닥쳤다.

"세로프 씨, 아이들을 빨리 아래층으로 보내주세요. 지금 약을 나눠주고 버스로 대피할 사람들의 명단을 받고 있습니다."

"아이들만요? 제 아내는요?"

"아직 어른들에 대한 지시는 없습니다."

연락 담당 직원은 이렇게 말하고선 급히 옆집으로 달려갔다.

세로프 가족은 느닷없이 헤어져 다시는 만날 수 없게 될지도 모른다는 생각에 불안해하며, 잠시 동안 아무도 입을 열지 않았다. 타냐는 파도처럼 밀려드는 갖가지 상념에 자신을 주체할 수조차 없었다. 안드레이 역시 마찬가지였다. 하지만 그는 당국의 지시를 어기고 가족과 함께 도망친다 하더라도 십중팔구 도중에 붙잡히고, 설령 당국의 눈을 피할 수 있다 해도 안전한 장소까지 멀리 가기란 불가능하다고 판단했다.

결국 안드레이는 꼭 다시 만날 수 있다고 이반과 이네

사를 달랠 수밖에 없었다. 그렇게 억지로 안심을 시키고서야 아이들을 아래층으로 내려보냈다.

아래층에는 이미 아이들이 잔뜩 줄지어 서 있었다.
이반과 이네사도 뒤편에 줄을 섰다. 아이들 가운데는 갓난아기를 안고 있는 젊은 부인들도 여럿 끼여 있었다. 군인들은 젊은 부인들에게 원활한 수속 진행을 위해서라며 거친 말투로 비켜서라는 둥 이런저런 명령을 내렸다. 그러자 젊은 부인들은 이에 지지 않고 필사적으로 대들었다. 이제 젖먹이에 불과한 자식과 생이별하게 되었는데, 묵묵히 복종만 하고 있을 엄마가 어디 있겠는가.
책임자급인 안드레이와는 달리, 다른 젊은 부모들은 자기 아이들과 떨어져야 한다는 당국의 지시를 쉽사리 받아들일 수 없었다. 게다가 당국은 아직까지 언제, 어디로, 아이들을 이동시킬 것인지 명확한 계획조차 없었다. 그러니 아이들과 닿을 수 있는 연락처도 없고, 언제 만날지도 모른 채 당국에 아이들을 맡길 수 없다며 젊은 부인들이 거세게 항의한 것은 당연한 일이었다.
이반은 눈앞에서 벌어지고 있는 일이 어쩌면 파국에 가까운 '대사고'일지도 모른다고 수군거리는 사람들의 말을 들었다. 특히 4호로의 밑바닥이 허물어져 무너지면서 핵연료가 터졌고, 그것이 산산히 흩어져 그 아래 저수조에 녹아 떨어지고 있으며 그냥 놔두면 곧 옆에 있는 3호로로 쓸려 들어갈 것이기 때문에 저수조에 담겨 있는 물을 뽑아내야 한다는 이야기도 들었다.

젊은 부인들은 자기 남편이 그 일을 해결할 결사대에 지원할까봐 걱정하면서도, 누군가 용감한 사람이 나서서 그 일을 해주길 바라는 눈빛이 역력했다. 그 때문에 대다수의 여인들은 독신 남자 직원들이 하는 게 가장 좋겠다고 입을 모았다. 하지만 죽을 것이 뻔한 결사대에 지원하려면 그만한 동기가 있어야 하는 것이다. 그렇게 본다면 자기 자녀들을 살리고 싶다는 순수한 부성애야말로 가장 큰 동기가 될 수 있을 것이다. 생각이 여기까지 이르자, 아내들은 혹시나 자기 남편이 결사대에 자원하고 나서지나 않을까 더욱 초조해했다.

이반과 이네사는 어떤 증상에 효과가 있는지도 모르는 약을 받아먹고 피난민 명부에 이름을 등록한 뒤, 다시 집으로 돌아왔다. 이제 아이들은 출발 지시를 기다리며 부모와 마지막이 될지도 모를 시간을 보내야만 했다. 이반은 몸이 무척 피곤했지만 도저히 잠을 이룰 수 없어 밤을 꼬박 새웠다.

아수라장 속에서도 시간은 어김없이 흘러갔다.
또다시 우크라이나의 초원에 서서히 태양이 떠오르기

시작했다. 다만 어제까지만 해도 이 시간이면 어김없이 찾아와 울어대던 새들의 지저귐은 어찌된 셈인지 더 이상 들려오지 않았다. 아무리 몸이 아픈 사람이라도 어둠이 물러가고 있는 새벽 하늘을 보면 기분이 좋아지는 법, 일찍 눈을 뜬 사람들은 간밤의 악몽을 떨쳐 버리려고 창밖으로 눈길을 돌렸다. 그러나 이제 막 잠에서 깨어난 그들의 눈에 비친 풍경은, 산뜻한 새벽을 기대했던 마음을 기어이 어둡게 만드는, 여전히 지칠 줄 모르고 격렬하게 불을 내뿜고 있는 체르노빌 원자력 발전소의 무서운 화재 광경이었다. 그 광경은 더 이상 예전의 환상적이었던 발전소의 모습이 아니었다.

차츰 날이 밝으면서 발전소의 처참한 몰골이 형체를 드러냈다. 지붕은 날아가 버렸고 조각난 콘크리트 덩어리들이 여기저기 흩어져 있었으며, 그 자리엔 불길만이 기세 등등하게 타오르고 있었다. 여명이 밝아오자 드러나는 발전소의 참혹한 모습은 프리프야트 주민들을 더욱 불안하게 만들었다.

주민들은 새벽녘이 되어서야 일단 인근 지역으로 모두 대피하라는 지시를 받았다. 먼저, 가장들이 나름대로 머리를 짜내어 온몸을 여러 가지 옷으로 가린 뒤 아파트 밖의 주차장으로 뛰어나갔다. 그런데 당국이 준비한다던 아이들 대피용 버스는 무슨 일인지 아직 도착해 있지 않앉다. 주민들은 일단 가족이 헤어지지 않아도 된다는 사실에 안도의 한숨을 내쉬며, 자신들의 차가 서 있는 곳으로 일제히 달려갔다. 이윽고 시동 거는 소리가 여기저기서 요란하게 울려 퍼지고, 가족을 태우기 위해 아파트 계단 앞으로 자가용들이 하나둘씩 몰려들기 시작했다.

안드레이 세로프도 지시가 내려지자마자 자신의 빨간 승용차가 주차돼 있는 곳으로 달려나갔다. 자동차 지붕 위와 창틀에는 그가 예상했던 것보다 훨씬 많은 재가 바람을 타고 와 쌓여 있었다. 안드레이는 조심스레 그 하얀 재를 털어내기 시작했다. 재를 다 털어내자, 그는 온몸에 뒤집어쓰고 있던 비닐 복장을 벗어 버리고는 재빨리 차 안으로 들어갔다. 그러나 그 순간, 안드레이는 자신도 모르게 깊은 한숨을 뱉어야만 했다. 이가 맞닿을 때면 입 안이 아주 불쾌했고, 또 잇몸마저 너무 아파 마치 자신의 몸이 아닌 것 같은 느낌에 사로잡혔기 때문이다.

열쇠를 꽂고 시동을 건 안드레이는 가속 페달을 밟으려다 문득 땅바닥을 훑어보았다. 땅에 떨어진 새를 살펴보기 위해서였다. 아니나 다를까, 새는 꿈틀거리며 죽어가고 있었다. 이반과 이네사가 이 공기 속을 그냥 걸어 나온다면 정말 큰일이었다. 방금 전까지만 해도 하늘을 날아다녔을 새가 지금은 이토록 고통스럽게 죽어가는 것을 보면 이곳은 얼마나 위험한가.

'혹시 이반과 이네사도…….'

왠지 모를 두려움이 안드레이의 뇌리를 스치며 머리칼을 곤두서게 했다. 그는 바닥에 뒹굴고 있는 새를 치지 않도록 조심하며 아파트 입구 쪽으로 차를 급히 몰았다. 기다리고 있는 가족들의 모습이 입구에 보이자, 안드레이는 안심하며 입과 코를 수건으로 단단히 가리라는 시늉을 해보였다. 가족들은 금방 알아듣고는 수건으로 빈틈없이 얼굴을 가렸고, 안드레이는 재빨리 그들을 차에 태웠다.

그러나 세로프 가족은 그 죽음의 지역을 곧장 떠날 수가 없었다. 왜냐하면 지금부터 피난 차량은 앞서 길을 인도하는 군용트럭의 통제를 받으며 바람이 불어오는 쪽으로 남하해야 한다는 당국의 지시가 내려졌기 때문이다. 한시바삐 이곳에서 벗어나야 한다고 절박하게 느끼고 있는 안드레이로서는 군인들의 꾸물거리는 행동이 아주 못마땅하게 여겨졌다. 그러나 어쩔 도리가 없었다. 자가용을 갖고 있지 못한 사람들이 모두 군용트럭에 올라탈 때까지, 그는 꼼짝없이 기다리는 수밖에 없었다.

사람들이 군용트럭에 올라타고 있는 사이에 당국이 준비한 버스가 뒤늦게 도착했다. 그러자, 아무래도 군용트럭보다는 버스 쪽이 편했기 때문인지 사람들은 다시 분주하게 버스로 옮겨 타기 시작했다. 이래저래 시간은 흘러가고 있었다. 그나마 사람들의 행동이 평소보다는 신속했기 때문에 안드레이가 걱정했던 만큼 시간이 허비되지는 않은 것이 다행이라면 다행이었다.

 이윽고 피난 차량의 행렬이 대이동을 시작했다. 염주 알을 엮은 듯한 죽음의 차량 행렬이 프리프야트 마을을 뒤로 하고 남쪽으로 떠나가고 있었다.

죽음의 대초원

 세로프의 자가용은 버스와 군용트럭의 시끄러운 행렬 가운데 끼여 느린 속도로 달리고 있었다. 끝없이 이어지는 차량 행렬은 때로는 광활한 초원 구릉을, 때로는 꼬불꼬불한 산길을 천천히 달리고 있었다. 그 행렬은 마치 개미떼가 대이동을 하고 있는 듯한 모양이었다.

 버스 차창 밖으로 아직 봄이 무르익지 않아 이제 겨우 새싹을 틔우고 있는 나무들 몇 그루가 보였다. 앞으로 한 달만 지나면 우크라이나의 대초원에는 새 생명이 만발할 것이다. 대지는 느긋하게 그때를 기다리고 있는 듯했다. 그러니 지금 우크라이나의 초원 위를 느릿느릿 달려가고 있는 이 피난 차량 행렬을 누가 보았다 할지라도, 그는 결코 상상조차 하고 싶지 않은 끔찍한 일이 세상 어느 한 구석에서 일어났으리라고는 생각도 못 할 것이었다.

세로프 가족들은 저마다 다른 생각에 빠져 있었다.
안드레이는 이제껏 한번도 느껴보지 못한 막중한 책임감을 느끼고 있었다. 그는 이번 발전소 폭발 사고로 인해 비로소 자신이 가족을 책임지고 있는 가장임을 절실히 깨닫고 있었다. 순간, 또다시 발전소에서 커다란 폭발 소리가 들려왔다. 그는 핸들을 잡은 손에 더욱 힘을 주며 이따금 발전소 쪽을 쳐다보았다.
어제까지만 해도 안드레이는 아내 타냐에겐 그 누구보다 자랑스러운 남편이었고, 아들 이반에겐 인생의 선배로서 충고를 구할 수 있는 믿음직한 아빠였으며, 딸 이네사가 기꺼이 응석을 부릴 수 있는 사랑스런 아빠였다. 요컨대 안드레이의 삶은 '가족과 함께 행복하게' 바로 그 자체였다. 그러나 오늘 같은 엄청난 사고가 눈앞에 닥치자, 안드레이는 가족을 지켜내야 한다는 가장으로서의 책임감 때문에 심한 감정의 소용돌이에 휩싸였다. 어떻게 해야 가족들을 안전하게 구해낼 수 있을까? 잠시 발전소 책임자라는 위치를 잊어버리고 그저 가장으로서의 모습만 생각하고 싶기도 했다. 하지만 그는 무책임한 사람이 아니었다. 그렇기에 발전소 간부로서의 책임감과 가족을 지켜야 할 가장으로서의 책임감 사이에서 더욱 괴로웠다.

안드레이의 옆자리엔 이반이 창문에 머리를 기댄 채 눈을 감고 있었다. 소년은 아까부터 온몸 여기저기가 이유 없이 불쾌했다. 무엇보다도 이상한 것은 눈이었다. 통증이 점점 심해지더니 나중엔 이물질이 낀 느낌마저 들었고, 어쩌다 눈을 뜨고 차창 밖을 내다보면 불과 몇 미터 앞의 사물도 제대로 알아보기 힘들었다.

물론 이런 현상은 이반에게만 나타나고 있는 것은 아니었다. 군인들까지 포함하여 약 이만 명에 달하는 피난민들 대부분이 몸에 이상 증세를 느끼고 있었다. 아직 사람들이 눈치를 채지 못했을 뿐, 그들을 둘러싸고 있는 주위 공기는 이미 변화를 일으키고 있었던 것이다.

폭발한 원자로에서 새어나온 유독 증기가 밤사이 주위의 찬 공기에 냉각되어서 지금은 무거운 가스로 변해 주변 일대에 내려앉고 있었다. 이 가스는 매우 빠른 속도로 주변 백 킬로미터 거리까지 퍼져 있었다. 하물며 프리프야트 주민들은 발전소에서 이제 겨우 십 킬로미터밖에 벗어나지 못한 상태였으니, 그들이 느끼고 있는 신체의 불쾌감은 지극히 당연한 것이었다. 이 때문에 아침 공기가 이상할 정도로 푸른빛을 띠고 있어 시계視界는 유난히 좋았지만, 방사능 가스에 오염된 이온화 공기 입자 때문에 사람들은 계속해서 눈이 바늘에 찔리는 듯한 아픔을 느낄 수밖에 없었다.

이반을 괴롭히고 있는 불쾌감도 다름 아닌 방사능에 오염된 공기가 원인이었다. 엄마 타냐의 품에 안겨 뒷좌석에 앉아 있던 이네사의 얼굴 역시 고통으로 일그러졌다. 입술을 깨물며 참고 있는 모습이 여간 아파 보이는 게 아니라는 것을 누가 봐도 알 수 있을 정도였다. 이반과 이네사를 번갈아 쳐다보고 있던 타냐의 눈동자가 불안감으로 흔들렸다.

"여보, 우리 지금 제대로 대피하고 있는 걸까요?"

뒷좌석에서 들려오는 아내의 떨리는 목소리에, 안드레이는 잠시 적당한 대답을 찾지 못하고 망설였다.

"지금 이렇게 열심히 빠져나가고 있으니 희망을 가져요. 사고를 당한 건 우리만이 아니니까 단체행동을 하는 수밖에 없다오. 걱정되겠지만 조금만 참읍시다."

"이네사가 너무 아픈 것 같아요. 어쩌죠?"

안드레이는 꺼져 들어가는 목소리로 말하는 아내의 물음에 대꾸하지 않고 깊은 한숨을 내쉬었다. 그의 눈가엔 어느새 눈물 방울이 맺혀 있었다.

"그래요. 지금은 별다른 방법이 없겠죠, 무슨 일이 생기더라도……."

타냐는 무정한 남편의 뒷모습을 바라보며 체념하듯 말

했다. 그녀는 눈을 꼭 감고 마음속으로 빌었다.

'이네사, 살아만 준다면 앞으로 무슨 소원이든 다 들어주마. 아가야, 제발 살아다오. 네가 죽으면 이 엄마는 살 수가 없어.'

그러다가 자신도 모르는 사이에 마음의 소원이 절규하는 목소리가 되어 입 밖으로 튀어나왔다.

"아가야, 죽으면 안 돼! 제발!"

그러나 타냐의 간절한 바람에도 불구하고 비극은 피할 수 없는 운명처럼 서서히 아이들에게 찾아들고 있었다. 사실상 방사선의 피해는 아이들이 누구보다 먼저 입게 마련이었던 것이다. 안드레이 역시 그 사실을 잘 알고 있었다. 그러나 그럴수록 마음속으로 굳게 다짐했다. 어떻게든 이 운명을 거역하겠다고.

타냐는 일주일 후, 일 개월 후, 혹은 일 년 후 가족들에게 닥쳐올지 모를 불길한 운명을 예감하고 있었다. 고통스러워하는 이반과 이네사를 바라보며, 타냐는 여태껏 막연하게만 들어 왔던 무서운 이야기들이 현실로 되어가는 것을 느끼곤 절로 몸서리를 쳤다.

그녀는 문득 이반이 기세가 등등하여 학교에서 돌아왔던 모습을 떠올렸다. 원래 수학 성적이 별로 좋지 않았던 아이가 이번엔 괜찮은 점수를 받아 온 것이다. 그래서인지 평상시와 다르게 이반은 상당히 우쭐해 있었다. 그것이 불과 어제의 일이었다. 타냐는 그 즐거웠던 하루가 어제 일이라고는 도저히 믿어지지 않았다.

그때 차량 행렬이 갑자기 멈췄다. 앞서 길을 인도했던 트럭이 어느 농장에 도착한 모양이었다. 안드레이는 상황을 알아보려고 잠시 차 밖으로 나왔다. 책임자로 보이는 군인 한 명이 농장주에게 사태를 설명하고 있었다.

농장 사람들은 발전소 사고에 대해 자세히 알고 싶어 하는 눈치였다. 원자로 폭발에 관한 이야기가 들려오자 안드레이는 자기도 대화에 끼어들고 싶었지만, 원자로 사고에 관해서는 아무 말도 하지 말라는 엄한 명령을 받았던 터라 애써 참을 수밖에 없었다. 그래도 발전소에서는 안드레이 세로프라고 하면 누구나 알아주는 중요 책임자인데, 그런 세로프조차 폭발 현장에 접근하는 것이 금지된 상황이었던 것이다.

결국 원자력 발전소에 대한 지식이 전혀 없는 군인들이 발전소 직원들 대신 현장 수습과 주민 대피의 책임을 맡고 있었다. 안드레이의 생각으론, 어쩌면 그것은 민간인 보호를 위해 군인들이 위험한 작업을 도맡아야 한다는 배려일지도 몰랐다. 여기까지 같이 피난해 온 다른 직원들도 안드레이의 경우와 별다를 바 없었다. 자신들의 부주의 때문에 이렇게 많은 사람들이 위험에 처하게 됐다고 생각하니, 앞에 나서서 뭐라고 말할 처지가 못 되었던 것이다. 그러니 차에서 내린 피난민들은 눈이 부신 듯 이마에 손을 얹고는 그저 불안한 눈빛으로 발전소 쪽만을 돌아다보고 있을 따름이었다.

안드레이는 그들을 바라보며 새삼 충격을 받았다. 희생자는 이반과 이네사만이 아니었다. 저렇게 많은 사람들 모두가 똑같은 희생자인 것이다. 안드레이는 사람들 틈으로 들어가 그들을 유심히 살폈다. 개중엔 젊은 부부들의 모습도 꽤 보였다. 안드레이는 갓난아기를 안고 있는 앳된 여인의 모습이 눈에 띄면 조심스레 다가가서 젖을 빨고 있는 아기를 유심히 살폈다. 잠시 후, 안드레이는 안색이 창백해져 가족들이 기다리고 있는 차로 돌아왔다. 그는 차에 타자마자 이네사의 입술부터 살펴보았다. 아니나 다를까, 입술 주위가 붉게 부풀어 있었다. 그것은 모든 아이들에게 똑같이 나타나고 있는 증세였다. 그는 밀려오는 죄책감에 더더욱 고개를 떨구었다.

농장은 피난민 모두를 수용하기엔 규모가 너무 작았다. 군인들의 생각도 같았다. 군인들은 이 농장에 수용할 몇 명 안 되는 갓난아기들과 그 엄마들의 이름을 확성기로 불렀다. 농장에서 발전소까지의 거리는 불과 십 킬로미터밖에 안 되었기 때문에 아직도 격렬하게 솟아오르는 불기둥이 저만치 보였다. 꼭대기에 버섯구름을 피워내고 있는 불기둥은 지난밤보다도 더욱 기세등등했고 전혀 약화될 기미가 보이지 않았다. 그러나 이 순간에도 분명 발전소 직원들 가운데 일부는 기계를 살피기 위해 체르노빌 원자력 발전소에 남아 있을 것이다. 그렇기에 그들을 남겨두고 떠나온 가족들은 불기둥이 솟고 있는 체르노빌의 하늘에서 눈을 떼려야 뗄 수가 없었다.

그때, 저기 멀리서 날아오고 있는 헬리콥터 한 대가 그들의 눈에 들어왔다. 헬리콥터는 체르노빌 원자력 발전소 방향에서 곧장 이쪽으로 날아오고 있었다. 타닥타닥하는 소리가 커지면서 헬리콥터는 점점 사람들과 가까워졌다. 사람들은 무슨 일일까 불안해하며 올려다보았다.

잠시 후, 헬리콥터가 빈터를 골라 착륙했다. 사람들 틈에 섞여 헬리콥터를 바라보고 있던 안드레이는 거기서 내리는 사람이 자신의 상관인 콜리야킨임을 알아보곤 깜짝 놀랐다. 콜리야킨은 성질이 급한 사람답게 사람들 앞으로 다가서자마자 곧장 명부를 들추며 확성기로 이름을 부르기 시작했다. 열세 명의 이름이 불렸는데, 안드레이의 이름도 그 중 다섯 번째에 끼여 있었다.

콜리야킨에게 호명된 이 열세 명은 다시 자기 부서의 부하직원들을 십여 명씩 차출해야 했다. 이로써 백여 명의 결사대가 순식간에 구성되었다. 이 결사대가 해야 할 일은 바로 폭발한 원자로의 뒷처리였다. 당사자들에게는 목숨이 걸린 중대사인데도, 자신이 해야 할 일이 끝난 콜리야킨은 신경질 섞인 목소리로 결사대의 출발을 재촉하기 시작했다.

"빨리 빨리 준비하시오, 시간이 없소. 가족들은 당국에서 보호할 테니 염려 말고. 여기서 꾸물댈 시간이 없단 말이오. 그럼, 한 시간 후에 출발하겠소."

그러나 콜리야킨의 일방적인 지시를 따르는 사람은 아무도 없었다. 대신 사람들은 웅성거리며 매서운 눈초리로 그를 노려보았다. 그런 낌새를 알아차렸는지 콜리야킨은 이번엔 좀더 부드러운 어조로 말했다.

"흠. 가족들과 작별인사도 해야겠군요. 두 시간 후에 출발하겠습니다. 그리고 나머지 사람들도 잘 들으십시오. 여기서부터는 자가용 사용이 허용되지 않습니다. 모두 버스로 떠나야 합니다. 짐은 최소한으로 줄여서 버스로 옮겨 타길 바랍니다. 지금은 긴급 상황입니다. 앞으로 어떤 경우든 단체 행동을 해야 합니다. 물론 그럴 사람은 없으리라 생각하지만, 만에 하나 개인적으로 대열에서 이탈하려는 자가 있다면 미리 경고해 두겠는데, 도로는 이미 경찰에 의해 차단되어 있음을 기억하십시오.

당국의 이러한 조치는 무모한 행동으로 여러분이 스스로 불행을 자초하는 것을 막기 위한 배려라고 생각해 주시길 바랍니다. 현재 당국은 비행기로 안전지대와 위험지대를 면밀히 검토하여 나누고 있습니다. 나는 그 분석 결과에 따라 여러분을 가장 안전한 장소로 대피시키는 임무를 맡았고, 이것은 국가가 당연히 해야 하는 책임이기도 합니다. 당국은 불행한 사태를 원치 않고 있습니다. 다시 한번 강조하건대, 무모한 개인 행동은 여러분의 생명을 위험에 빠뜨리는 결과만 가져온다는 사실을 명심하십시오. 그러니 모든 지시를 신뢰하고 신속하게 따라주길 바랍니다. 당국은 여러분의 안전을 위해 현재 최선을 다하고 있으니 한 사람의 이탈자도 발생하지 않도록 잘 협조해 주십시오.

그럼, 아까 호명한 열세 명은 잠시 이 자리에 남고 나머지는 다른 지시가 있을 때까지 휴식을 취하도록 하십시오. 참, 그리고 지금 발전소에서는 소방대원들이 목숨을 걸고 화마와 싸우고 있습니다. 이제 곧 대대적인 진화 작업이 시작될 겁니다. 또한, 사고 수습을 위해 우리 소비에트 연방의 전국에 있는 여러 동지가 지금 이 시간에도 수고를 아끼지 않고 있습니다. 사태 수습이 원활하게 진행되고 있으니 다들 안심하셔도 됩니다."

하지만 안드레이는 콜리야킨의 말을 믿을 수 없었다.

백여 명의 사람들이 다시 그 위험지대로 투입되어야 한다는 사실만으로도 사태는 이미 심각할대로 심각하다는 것이 불을 보듯 뻔했다. 그러니 콜리야킨이 말하는 현재 상황은 분명 거짓이었다. 안드레이는 급하고 신경질

적인 성격의 콜리야킨이 부드러운 말투로 이야기한 것으로 보아 무언가 술수가 감추어져 있을 것이라는 생각이 들었다. 안드레이는 이제 최후의 결단을 내려야만 했다. 과연 여기서 탈주할 것인가. 복종할 것인가.

차 안에서 졸고 있던 이반은 시끄러운 확성기 소리에 퍼뜩 정신이 들었다. 확성기에서는 아빠의 이름이 흘러 나왔다. 이반은 초조해하며 아빠가 얼른 돌아오기만을 기다렸다. 아까부터 고통스러워하던 이네사는 지쳤는지 엄마의 품속에서 거칠게 숨을 내쉬며 잠들어 있었다.

잠시 후, 안드레이가 돌아왔다. 차 문을 열고 들어와 말없이 운전석에 앉은 안드레이의 손에 따뜻한 작은 손이 포개졌다.

"아빠, 가지 마세요."

이반이 애절한 목소리로 속삭였다.

"도망쳐요. 도로를 막았으면 샛길을 찾아보면 되잖아요. 돌아가면 안 돼요. 죽을지도 몰라요. 그것도 안 되면 차라리 함께 가요."

어린 아들의 말 그대로였다. 안드레이 역시 발전소로 돌아가면 틀림없이 죽게 될 것이라고 생각하고 있었다. 그러나 여기서 탈주한다는 것도 불가능한 일이었다. 붙잡힐 게 뻔했다. 헬리콥터까지 동원할 필요도 없이 길목만 막고 지프로 추격하면 그것으로 끝이었다. 그는 감정을 억누르며 담담한 어조로 아들에게 말했다.

"이반, 여기서 도망친다는 건 불가능해. 주위를 둘러보면 알잖니. 자살행위나 마찬가지야. 그리고 만약 도망칠 수 있다 해도 안 돼. 이네사가 너무 아파서 빨리 의사에게 데려가야 하니까. 도망칠 생각이었다면 차라리 이곳에 도착하기 전에 시도했어야지, 이미 늦었단다. 현재로선 엄마와 너희들이 무사할 수 있게 노력하는 것만이 최선이야. 그리고 아빠가 죽는다고 누가 그러니? 무모하게 죽음 속으로 뛰어들지 않을 테니까 걱정 말아라. 꼭 다시 만나게 될 거야. 이반, 엄마와 동생을 잘 보살펴라. 부탁한다."

안드레이는 아들의 손을 세게 움켜쥐고 머리를 가슴팍에 껴안았다. 이대로 시간이 영원히 멈추었으면 좋겠다고 마음속으로 몇 번이나 되뇌인 채.

'어쩌면 이것이 내 아들과의 마지막 포옹이 될지도 모른다. 그래, 나는 왜 여태껏 이런 작은 행복을 맛보며 살지 못했을까. 있는 힘껏 내 일에 최선을 다한 결과가 기껏 내 자식을 죽음으로 몰아넣은 것이란 말인가…….'

그러나 지금으로선 후회해도 소용 없는 일이었다. 아들의 부드러운 머리카락의 감촉이 두터운 손가락에 전해졌다. 이렇게 머리를 쓰다듬어 본 지가 얼마만인가. 이반이 어렸을 때에는 잠들어 있는 얼굴을 바라보며 곧잘 머리카락을 쓰다듬어 주곤 했는데…… 어리석게도 지금에 와서야 그는 이렇게 자식을 끌어안고서 다시 없을 행복을 맛보고 있었다.

"여보, 도망칠 방법이 있어요."

갑자기 타냐가 남편의 귀에 입을 가까이 대고 빠르게 속삭였다.

"저기 좀 봐요. 당신 혼자만이 아니에요. 같은 처지의 사람들이 백 명이 넘잖아요. 이 모든 사람을 일일이 추격하지는 못할 거예요. 다들 울고 있는 게 보이죠? 저 사람들도 모두들 도망치고 싶은 마음뿐이라고요."

맞는 말이었다. 타냐의 말대로 결사대에 차출된 사람들이 여기저기서 가족들과 부둥켜안은 채 눈이 통통 붓도록 울고 있는 모습이 그의 눈에도 비쳤으니까. 그러나 안드레이에게 탈주란 받아들일 수 없는 책임 회피였다. 만약 자신이 도망친다면 누군가가 그를 대신해 발전소로 되돌아가야 할 것이다. 결국 탈주는 자신의 책임을 남에게 떠넘기는 비겁한 행동일 뿐이었다.

어차피 당국은 누구든 상관없이 백여 명의 희생자가 필요한 것이다. 그것은 피할 수 없는 현실이었다. 운이 나쁘게도 세로프 가족이 그 불행의 제비를 뽑았을 뿐. 하지만 그 불운은 어쩌면 발전소의 책임자급 직원으로서 마땅히 져야 할 몫인지도 모른다고 그는 생각했다. 안드레이는 슬픈 표정으로 타냐를 바라보며 천천히 머리를 가로저었다. 그러고선 조용히 타냐의 손을 자신의 뺨에 갖다대며 아내의 슬픔을 달랬다.

마지막 작별인사 시간도 이제 다 흘러갔다. 콜리야킨이 사람들 사이로 이리저리 돌아다니며 그만 일어서라고 사정없이 팔을 떼어놓고 있었다. 타냐는 콜리야킨의 행동에 분개하여 성난 목소리로 울부짖었다.

"저 훌륭하신 나리들이야 원자로 속에 들어가지 않겠지! 뒤에 멀찌감치 서서 명령만 내리다가 나중에 자기 가족들과 편안히 저녁을 즐기겠지!"

타냐의 절규는 분명 콜리야킨을 향했지만, 안드레이의 가슴까지도 후벼 파기에 충분했다. 그럴수록 그의 마음속엔 단호한 결심이 싹텄다.

'나는 분명 위대한 인간이 아니다. 하지만 젊은 가장들을 죽음의 땅으로 내몰고 나 혼자만 목숨을 보전하느니, 차라리 죽는 게 마음 편하다. 그래, 그것으로 족하다.'

안드레이는 부드러우면서도 단호한 음성으로 말했다.

"타냐, 혹시 무슨 일이 생기면 꼭 연락해야 하오. 그리고 가끔 화도 나겠지만, 아무쪼록 상관들과 사이좋게 지내도록 하고. 만약 이반과 이네사가 떨어져 수용되면 꼭 거처를 알아놓았다가 알려주시오. 아무래도 프리프야트로는 편지가 안될 테니 당신 언니네 집으로 연락하겠소.

키예프라면 아마 편지 연락이 될 거요. 어쨌든 난 반드시 돌아오겠소, 반드시…….”

갑자기 안드레이는 말을 뚝 멈췄다. 그는 농장 한쪽 구석을 뚫어지게 바라보고 있었다.

"왜 저러지?"

"왜요, 뭔데요?"

타냐가 불안해하며 남편의 시선을 좇아 차창 밖으로 눈을 돌렸다.

안드레이가 쳐다보고 있는 것은 나무 우리 안에 갇혀 있는 몇 마리의 새끼 양이었다. 그 중에 한 마리의 행동이 눈에 띄리만큼 이상했던 것이다.

"타냐, 저놈을 봐요. 이상하지 않소? 저런, 또 자빠졌군. 혹시 눈에 이상이라도 생겼나?"

안드레이는 얼른 차 문을 열고 나와 농장 주인에게 말을 걸었다. 그러고선 그가 이상하게 생각하지 않도록 이런저런 딴 이야기를 하다가 슬쩍 새끼 양들을 어젯밤에 어디서 잠재웠는지를 물었다. 그런 다음 이곳 가축들이 건강했었는지, 새끼 양의 먹이는 목초인지 사료인지도 물어보았다.

농장 주인은 안드레이의 물음에 순순히 대답해주었다. 주인의 말에 따르면, 이 지역에서는 지금 계절이면 모두 방목하여 먹이는데 여태껏 가축들에겐 아무 이상이 없었다고 했다. 하지만 안드레이와 대화를 나누는 사이, 마침내 농장 주인도 새끼 양 한 마리가 이상하다는 것을 알아챘다. 그는 나무 우리 안에 들어갔다 나와서는 불안한 기색으로 떠들어댔다.

"거 참, 이상하네. 제일 건강한 놈이었는데. 눈에 뭔가 이상이 생긴 모양인데, 어떻게 된 일이지? 요 근방에 무슨 전염병이라도 도나? 이거 어쩌면 좋지?"

"건강한 놈이었다면 풀도 제일 잘 먹었겠군요."

안드레이는 그렇게 내뱉고선 농장 주위를 살펴보았다. 왼쪽 산기슭에는 방목지가 있었고, 오른쪽 하천에는 조금 전에 피난민들이 건너온 다리가 있었다. 그가 이렇듯 주변을 둘러본 것은 지형을 파악하여 바람이 어느 방향으로 불었을지 추측해 보기 위해서였다.

"양떼들은 어디서 물을 먹입니까?"

"저기 보이는 개울의 폭이 좁은 곳에 물을 끌어올린 작은 웅덩이가 있는데, 거기서 먹이지요."

오늘 아침 바람의 방향을 생각해 보았을 때, 이 농장 주위는 재가 날아들 만한 곳이 분명 아니었다. 그러나 사고가 지난밤에 발생한 이상, 열기류가 어디로 흘러갔을지는 아무도 알 수 없는 노릇이었다.

문득 안드레이는 오늘 아침 자신의 차 위에 수북이 쌓여 있던 재를 떠올렸다. 그는 차를 발전소 남쪽에 주차해

놓았었다. 재가 바람에 날린다 해도 바람이 불고 있는 전 지역에 걸쳐 골고루 내려앉는 것은 아니다. 기류와 기류가 교차할 때 발생하는 미묘한 흐름을 따라 특정한 곳에 집중적으로 쌓이기 마련이다. 경우에 따라서 구릉의 기복에서 생기는 온도차로 인해 특정한 곳에 놀랄 만큼 집중적으로 재가 내려앉을 수도 있을 것이다. 그러나 이유를 불문하고, 지금 이곳 가축들에게 급성으로 이상한 증상이 나타나기 시작한 것은 의심의 여지가 없었다.

그런데 발전소에서 겨우 십 킬로미터를 벗어난 이곳에서, 피난민들 모두는 지금 안도의 한숨을 내쉬며 뒤집어쓰고 나온 비닐 옷들을 내팽개친 상황이었다. 이들이 자신이 처한 현실을 조금이라도 눈치챘다면, 물론 피난민 수송용 버스가 언제 도착할지는 알 수 없지만, 적어도 그때까지 임시 천막을 치고 들어가 있던지 아니면 제각기 다른 방법으로라도 죽음의 재로부터 자신을 지켜내야 하는 게 정상이련만.

안드레이는 생각이 거기까지 미치자, 방사능에 아무 대책 없이 노출되어 있는 피난민들의 안전이 걱정되어 다시 사람들 사이를 돌아다녔다. 아니나 다를까, 여기저기서 젖먹이 아이들이 피를 토하고 있었다. 더욱이 사람들과 이야기를 나누어보니, 거의 대부분이 피부가 따끔거려 아프다고 하소연했다. 사실상 파멸의 세계가 이미 목전에 와 있었다. 그리고 기적이 일어나지 않는 한 이 절망적 상황에서 벗어나기란 불가능한 것이었다.

마침내 결사대가 발전소로 되돌아가야 할 시간이 다가왔다. 결사대원들은 천천히 버스에 올라타기 시작했다. 가족들과 겨우 몇 마디 마지막 인사를 나눌 시간만을 남긴 채. 젊은 여인들은 창 밖으로 내민 남편의 팔 위에 아이들을 들어올려 아빠와 뺨을 비비게 했다. 그들은 어쩌면 이것이 마지막 이별이 될지도 모른다는 생각에 애써 눈물을 감추지도 않았다.

"안드레이, 이럴 줄 알았으면 집에서 나올 때 제일 좋은 옷을 입고 나올 걸 그랬어요. 이런 꼴로 작별해야 하다니……."

안드레이가 짐짓 미소를 지으며 말했다.

"아니야, 타냐. 지금도 여전히 아름다워. 당신은 세상에서 가장 멋진 여자야."

버스가 천천히 움직이기 시작했다.

"안드레이, 건강한 몸으로 돌아와야 해요. 약속 지켜요. 안드레이, 이네사 얼굴을 한번 더 봐야죠. 우리 아이들을 잊지 말아요. 여보, 꼭 돌아와야 해요. 꼭……."

타냐는 북받치는 슬픔에 더 이상 말을 이을 수 없었다.

이반은 멍하니 아빠를 태운 버스를 바라보고 서 있었다. 멀어져 가는 버스에서 쏟아지는 처절한 아우성 속에서 "타냐! 이반! 이네사!"를 외치는 아빠의 목소리가 너무나도 선명하게 들려왔다. 그러나 그것도 잠시, 버스는 점점 속도를 내며 사람들이 오전 내내 달려왔던 방향으로 금세 사라져버렸다.

버스가 떠난 지 불과 이삼 분이 지났을까. 울고 있는 사람들 가운데서 갑자기 자지러지는 비명소리가 터져 나온 것은 바로 그때였다. 조금 전까지 피를 토해내던 생후 팔 개월된 아기가 끝내 숨을 거두었던 것이다.

둘째 날 밤의 방문객

타냐는 품에 안겨 있는 딸의 얼굴을 내려다보았다.

이네사는 엄마의 눈길을 느끼지 못한 채 곤히 잠들어 있었다.

"이반."

타냐가 작은 목소리로 아들을 불렀다.

"이네사와 함께 저 버스 안에서 기다리고 있거라. 무슨 일이 있어도 밖으로 나오지 말고."

타냐는 조심스레 이네사를 이반의 품으로 옮기고는 비명소리가 들려온 방향으로 걸어갔다. 갓난아기의 죽음을 전해 듣고 온 사람들이 한쪽에 모여 있었다. 그 틈바구니를 비집고 들어서자 흐느껴우는 젊은 여인의 모습이 보였다.

여인은 한 손으로는 딸의 부드러운 머리를 감싸 안은 채, 다른 한 손으로는 땅바닥을 쥐어뜯으며 죽은 딸 위에 엎드려 흐느끼고 있었다. 여인은 딸의 몸을 흔들어 보기도 하고, 입술을 맞대어 자신의 숨결을 불어넣기도 하면서 갖은 애를 다 써보았지만 살아날 기미가 보이지 않자 허탈한 나머지 엎드려 흐느끼고 있었다.

한 의사가 급히 달려와 자신의 이름을 밝히고 나서, 갓난아기의 맥을 짚어보고 눈꺼풀을 뒤집어 보더니 여인의 어깨에 손을 살짝 얹었다. 의사는 뭔가 적당한 위로의 말을 찾는 눈치였지만, 고개를 든 여인의 눈길과 마주치는 순간 말문이 막혀 그냥 묵묵히 서 있기만 했다. 여인은 여전히 벌벌 떨며 외투를 벗어 딸의 식은 몸을 감쌌다. 그리고 다시 딸의 몸에 얼굴을 파묻고는 숨죽여 남편의 이름을 되뇌며 흐느꼈다.

"남편 말고는 이 여인을 보살펴 줄 수 있는 사람이 아무도 없습니까?"

남편의 모습이 보이지 않기에 아마도 결사대 대원으로 차출되었을 거라고 짐작한 의사의 물음에 모두는 말없이 서 있었다. 딸을 잃은 엄마에겐 아이가 왜 죽었는가는 그다지 중요하지 않았다. 그러나 의사 이그나첸코는 자신의 책임을 다하기 위해서라도 원인을 정확하게 밝혀야겠다고 생각했다. 그래야만 앞으로 피난민들에게 어떠한 일이 발생할지 예측할 수 있기 때문이었다.

갓난아기의 죽음을 지켜본 사람들은 아이 엄마에게 위로의 말을 건네기에 앞서, 그제서야 하나둘씩 자신들의 신변에 닥칠 위험을 느끼기 시작한 듯했다. 한 여인이 두려움에 떨며 자기 아이의 손을 끌고 둘러선 대열에서 벗어나자, 나머지 사람들도 모두 의사에게 뒤처리를 맡기고는 버스가 있는 곳으로 되돌아갔다.

의사 이그나첸코는 여전히 여인의 곁에 서서 불과 생후 팔 개월 만에 생을 마감한 갓난아기의 주검에 엿보이는 증상을 살펴보려 했다. 그때, 갓난아기에게 접근하는 그의 손길을 누군가 거칠게 가로막았다. 어느새 나타난 한 무리의 남자들이 등 뒤에 있었다. 그 중 우두머리인 듯한 자가 여인의 어깨에 손을 얹고서 명령조로 말했다.

"빨리 묻어 버리시오!"

타냐는 그가 남편의 상관 콜리야킨인 것을 알아보았다. 그리고 그가 여러 명의 부하들에게 명령하여 여인의 품에 안긴 갓난아기의 시신을 강탈해 가는 모습도 불과 몇 미터 앞에서 똑똑히 목격했다.

잠시 주춤거리던 이그나첸코가 다시금 시체를 만지려는 순간, 콜리야킨이 이번엔 그의 오른팔을 붙잡았다. 두 사람은 낮은 목소리로 몇 마디를 주고받는가 싶더니, 곧 군인들이 의사의 양쪽 팔을 꺾어 다른 차로 끌고 갔다. 의사로서 직무에 충실하고자 했던 것이 오히려 죄목이 되어 이그나첸코는 연행된 것이다.

곧이어 한 사람도 빠짐없이 자가용을 버리고 버스나 군용트럭에 옮겨 타라는 명령이 떨어졌다. 자가용을 타고 온 사람들은 집에서 갖고 나온 얼마 안 되는 짐을 농장 벌판에 내려놓고 버스로 옮기려 하였다. 그러나 그들은 군인들에게 제지를 당할 것까지도 없이, 이미 버스에 앉아 있던 사람들의 험악한 분위기에 먼저 눌려 짐을 포기해야만 했다. 그도 그럴 것이 대부분의 사람이 자가용으로 피난했기 때문에 턱없이 부족한 버스에 사람들이 모두 타려면 짐까지 실을 여유 공간이 전혀 없었기 때문이었다. 더욱이 사람들로 꽉 찬 버스는 아이들을 위험한 공기로부터 겨우 가려주는 텐트 정도에 지나지 않았다.

남편을 죽음의 땅으로 떠나보내고 딸의 사체마저 당국에 빼앗긴 여인은 타냐가 말을 건네도 뒤돌아보지 않았다. 그녀는 외투 주머니에서 이제는 유품이 되어 버린 아기의 작은 장갑을 꺼내 입을 맞췄다. 어쩌면 그 장갑은 아직 딸의 손에 끼워보지도 못한 새것이었는지도 몰랐다.

타냐는 젊은 여인의 곁으로 다가가 앉았다. 잠시 두 사람은 말없이 앉아 있었다. 그러다 도저히 혼자서는 이 악몽을 견딜 수 없다고 여겼는지, 여인이 먼저 타냐에게로 고개를 돌려 멍하니 쳐다보았다. 여인은 목에 건 십자가를 풀어서 타냐의 손에 쥐어 주었다. 타냐는 가만히 그것을 외투 주머니에 집어넣으며 말했다.

"그루센카, 당신 남편 니콜라이가 돌아올 때까지 맡아 둘게요. 나도 안드레이가 돌아올 때까지는 십자가를 걸지 않으려 해요. 이젠 아무것도 믿을 수가 없어요."

그렇게 두 사람은 서로를 위로하며 일어났다. 그리고 이반과 이네사가 타고 있는 버스를 향해 걸어갔다.

"그루센카, 나도 두려워요. 안드레이가 돌아오지 못할까봐."

그루센카는 아무 대답 없이 타냐의 손을 꼭 잡았다.

그때였다. 자가용을 압류당한 사람들이 꽉 들어찬 버스 대열을 따라 왔다 갔다 하면서 탈 만한 공간을 찾고 있는 사이, 포장을 씌운 대형 트럭 한 대가 거칠게 농장 쪽으로 달려왔다. 달려온 방향으로 보아 발전소에서 나온 것이 틀림없는 그 트럭은 농장을 한참 지나쳐 멈췄다. 곧이어 군인 한 명이 트럭에서 내리더니 급하게 콜리야킨을 찾았다. 군인은 콜리야킨과 뭔가 다급하게 말을 주고받더니 굳은 표정을 한 채 트럭으로 되돌아갔다. 트럭은 다시 남쪽을 향해 무서운 속도로 떠나 버렸다.

"세로프 부인!"

그루센카가 처음으로 입을 열었다.

"저 트럭엔 많은 사람이 타고 있었어요."

"뭐라고요? 누가?"

"어쩌면 키예프에 있는 병원으로 실려 가는 사람들일지도 몰라요. 농장에서 멀찌감치 차가 선 것은 사람들이 그 사실을 알아채고서 소동이라도 일으킬까봐 그런 것이겠죠. 저 트럭은 발전소에서 니콜라이가 몰던 차예요. 차 번호가 외우기 쉬워서 똑똑히 기억하고 있어요."

그루센카의 말에 타냐는 아찔해졌다. 그루센카도 결혼 전엔 발전소 직원으로 근무했기 때문에 지금 한 이야기는 사실일 것이다. 아마 헬리콥터로도 많은 사람이 수송되고 있음이 틀림없을 것이다. 게다가 트럭이 황급하게 떠나는 것으로 볼 때 사고당한 사람들의 상태가 매우 심각한 편일지도 모른다. 그런데도 두 여인의 남편, 안드레이와 니콜라이는 바로 저 죽음의 현장으로 출발한 것이다.

타냐는 이반이 기다리고 있는 버스를 향해 허둥지둥 뛰어갔다. 그런데 허둥대는 사람은 그녀만이 아니었다. 무서운 속도를 내며 가 버린 트럭이 남긴 어두운 그림자가 이만여 명에 달하는 피난민들의 마음을 한꺼번에 동요시켜, 그들을 반 광란의 분위기로 몰아간 것이다. 그래선지 도무지 출발할 기미가 보이지 않는 버스에서 당장 아이들을 내려 조금이라도 더 멀리 도망치려고 시도하는 젊은 부부들의 모습이 여기저기 눈에 띄기 시작했다. 운명을 하늘에 맡기고 그저 당국의 지시만 기다리며 출발할 때까지 손놓고 있어야 하는 현실을 더 이상 참을 수 없었던 탓이리라.

그러나 당장엔 그들의 생명은 하늘이 아니라 눈앞의 군인들에게 달려 있었다. 군인들은 탈주를 시도하려는 사람들을 재빨리 막아서서 단 한 사람의 탈주도 허용하지 않았다. 이윽고 황량한 초원 곳곳에서 난데없이 격투극이 펼쳐졌을 때, 엄마와 아이들이 바라보아야만 했던 것은 바로 코앞에서 자신의 남편이자 아빠가 군인에게 맞아 땅에 뒹굴며 기는, 그런 슬픈 풍경이었다.

이반은 잠든 이네사와 함께 버스 안에 앉아 있다가 급한 걸음으로 돌아오고 있는 엄마의 모습을 발견했다.

이반은 엄마를 향해 손을 흔들었다. 그러자 지나가던 한 소녀가 자신에게 손을 흔든 줄 알고 이반을 향해 손을 흔들었다. 이반은 깜짝 놀랐다. 발전소 사고 이후로 까맣게 잊고 있었던 카리나가 거기 서 있었던 것이다.

단발머리를 한 소녀는 환한 미소를 머금고 이반을 향해 연신 손을 흔들었다. 소녀를 짝사랑해 온 이반은 자기 눈을 의심하면서도 부끄러움 때문에 어쩔 줄 몰라했다. 너무도 수줍고 어색해서 숨이 막힐 지경이었다. 그래도 이반은 소녀에게서 눈을 뗄 수가 없었다. 카리나는 이곳에서 우연히 같은 반 친구를 만났다는 것이 그렇게 기쁠 수 없다는 듯 맑은 눈동자를 반짝이며 몇 번이고 손을 흔들어 인사하곤 맞은편으로 걸어갔다. 이전에도 이반은 카리나가 교실로 걸어 들어오면 왠지 주변이 환해지는 기분이 들곤 했었다. 그렇게도 동경해왔던 카리나를 다시 보게 될 줄이야!

이반은 하늘에라도 날아오를 것 같은 행복감에 젖어들었다. 그때 황홀한 기분에 취해 있던 이반의 어깨에 엄마의 손길이 와 닿았다. 타냐는 아직도 정신없이 자고 있는 이네사의 이마에 뺨을 대었다. 그 행동은 타냐가 이네사의 열이 어느 정도인지 알아보기 위해서이기도 하지만, 지금 자신이 아이들 곁에 있다는 것을 느끼고 싶은 마음이 훨씬 더 컸다.

"다행히 이네사는 심하지 않구나. 눈이 아픈 것 같긴 하지만."

그제서야 이반은 정신을 차리고 엄마를 바라보았다.

"아무것도 안 드셨잖아요. 뭐라도 좀 드셔야죠."

"별로 생각이 없단다. 이네사도 입맛이 없을 거야."

평소 같았으면 이반은 꽤 배가 고플 시간이었다. 그러나 떠들썩한 점심시간의 소란은 지금 여기에 없었다. 가족들 누구 한 사람도 어젯밤 준비해 온 샌드위치에 손대지 않았다. 타냐는 이제 프리프야트로 돌아간다는 건 틀린 일이고, 내일 당장 어디로 이동할지 알 수 없는 상황에서 샌드위치마저 먹어 버리면 어떻게 음식을 구할지 불안했다. 하지만 당장엔 이반과 이네사가 맛있게 몽땅 먹어치워도 기쁘기만 할 것이다.

타냐는 녹초가 된 자식들의 모습을 보자 안드레이가 더욱 그리워졌다. 남편은 발전소에 도착해서 무슨 일을 명령받았을까? 그가 같이 있다면 지금 이순간 얼마나 힘이 될까. 버스 창 밖에 멀리 보이는 연기 기둥을 쳐다보자, 타냐는 맥이 절로 빠졌다.

지금쯤 결사대원들은 그 맹렬한 화염 속에서 독가스를 들이마시고 살갗을 태우며 진화작업을 하고 있을 것이다. 그들 중 한 사람이 나의 남편이다. 여태껏 그는 무엇을 위해 살아온 것인가? 지금은 또 무엇 때문에 죽음과 싸우고 있는가? 보라, 저 우크라이나의 대초원을…… 남편이 그렇게 좋아하던 차이코프스키 교향곡 제2번에서 묘사된 것처럼 참으로 광대한 자연이 펼쳐져 있지 않는가. 보리 이삭이 여물어 파도처럼 굽이치는 여름이 오면 저 우크라이나의 대평원은 지상의 어느곳과도 견줄 수 없을 정도로 수려한 모습을 자랑할 것이다. 때로는 천둥소리가 울려 퍼지고, 물소리가 들려오기도 하며, 비에 씻긴 나무들이 햇볕에 싱그럽게 빛나고, 작은 가지들은 바람에 흔들리기도 하리라. 그러나 그것은 이미 과거의 이야기다. 좋았던 시절은 막을 내렸다. 아무리 노력해도 더럽혀진 대지 위에서 별은 결코 빛나려 하지 않을 것이다.

타냐가 참을 수 없는 심정이 되어 초원으로부터 눈길을 돌리자, 농장 일꾼들이 한곳에 모여서 소란을 피우고 있는 모습이 보였다.

"아이고, 많기도 해라. 양이 떠내려 온다!"

"모두 죽었어!"

농장 사람들의 외치는 소리는 그들의 쓰라린 심정을 그대로 다른 이들에게 전해줄 만큼 생생한 것이었다.

말 그대로 하천으로 떠내려 온 죽은 양들은 한두 마리가 아니었다. 실로 수십 마리에 달했다. 아마 이 부근만 해도 실제 피해는 이보다 몇십 배에 달할 지 모른다.

이제 농장까지 비극의 그림자가 드리우자, 이때까지 냉혹한 태도로 피난민들을 대했던 군인들마저도 술렁거리기 시작했다. 아무것도 모른 채 무조건 상부의 명령에 따라왔던 그들도 강을 이룬 양떼들의 시체를 보자 사태의 심각성을 깨달았던 것이다. 아마 이 양떼들은 누출된 방사능 가스의 직접적인 노출로 죽은 것이 아니라, 방사능에 의한 시력저하나 다리의 쇠약 증세 등으로 하천에 빠져 익사했을 것이다. 그리고 아직까지 사람들은 견뎌내고 있는 것을 보면, 방목 중에 뜯어 먹은 목초가 양들의 사망 원인일 가능성도 컸다. 하지만 시간이 흐르면 흐를수록 그 피해는 사람들에게도 점점 미칠 게 분명했다.

그때까지 기계적으로 움직이던 군인들 사이에서 확실히 동요의 기색이 보였다. 군인들은 자신들에게도 닥칠 수 있는 위험을 걱정하며 서로 먼저 트럭에 올라타고 싶어하는 눈치였다. 군인들은 아직 버스 바깥에서 우왕좌왕하면서 탈 만한 자리를 찾고 있는 사람에게 서둘러 트럭에 올라타라고 명령했다.

"피난민 전원을 실을 수 있을 버스가 도착하기 전까지는 여기에서 대기하라는 명령이다. 이제부터 특별한 사정이 없는 한 차에서 내리는 것을 금한다."

트럭에 올라타자, 군인들은 다시 말투가 거칠어지면서 본성을 드러냈다. 차 안은 숨쉬기도 힘들 정도로 혼잡했다. 하지만 사람들은 몸을 서로 포갠 채 어쩔 수 없이 견뎌야만 했다.

"엄마, 사람이 죽으면 어떻게 될까요?"

이반의 목소리는 사뭇 진지했다. 아이의 느닷없는 질문에 타냐가 고개를 저어 모르겠다고 하자, 이반은 말을 이었다.

"혼자 죽는 것은 괜찮아요. 하지만 아빠와 엄마, 그리고 이네사도 모두 죽을지도 모른다고 생각하면 참을 수 없어요. 정말이지 여기 있는 사람들 모두 앞으로 무슨 일이 벌어질지 모르고 있다니……. 시간이 흘러가는 것이 무서워요. 엄마는요? 어떻게 해야 예전으로 돌아갈 수 있을까요? 우린 어디로 가는 거죠? 폭발 이후로 내 방에 있던 모든 것이 순식간에 사라졌어요. 아빠도 없고, 학교도 없어요. 전부 사라졌어요. 강해진다는 것, 생각보다 간단하네요. 그렇게 새로운 인생을 사는 것도 좋은 일이겠죠. 하지만 왠지 우습지 않아요? 숨만 붙어 있는 것이 새로운 인생이라니……. 그건 사는 게 아니잖아요? 엄마는 만약 아빠가……."

여기까지 말했을 때 타냐의 손이 이반의 입을 막았다.

"그만. 더 말해 봐야 소용없단다. 엄만 더 이상 아무 생각도 하기 싫어. 얘야, 가만히 곁에 있어다오. 날 더 이상 괴롭히지 말고."

이반은 엄마가 마음속으로 '안드레이!' 하고 외치는 소리를 듣는 듯한 기분이 들었다.

잠시 동안 사람들은 절망감을 극복하고자 노력했지만, 그러한 다짐은 또 무너져 버렸다. 그저 머릿속에서 떠나지 않는 것은 엄청난 폭음을 내며 눈앞에서 폭발해 버린 발전소와 수만 명의 사람들 틈에 끼여서 이곳까지 피난왔다는 현실뿐이었다.

타냐는 지난밤부터의 일을 더듬어 보았다. 대폭발, 피난, 눈먼 새끼 양, 남편 안드레이와의 이별, 그루센카 아이의 죽음, 그리고 하천에 떠내려 온 양의 시체들…….

엄마의 그런 생각을 아는지 모르는지 팔에 안긴 이네사는 조금 전부터 잠꼬대를 하고 있었다.

날이 어두워질 무렵, 콜리야킨의 목소리가 확성기를 타고 흘러나왔다.

"여러분, 식량 때문에 걱정할 것 같아 미리 전달합니다. 내일 아침 충분한 식량이 전원에게 배급될 것입니다. 키예프에서 조달되어 온다는 연락이 왔으니 마음 놓고 식사를 하시고 휴식을 취하십시오. 그리고 버스 도착 예정 시간이 약간 늦어져 오늘밤은 여기서 지낼 겁니다. 내일 아침엔 반드시 떠날 수 있다고 내 이름을 걸고 분명히 약속하겠으니 믿으십시오. 발전소는 아직 몇 군데 위험한 요소가 남아 있는 모양이지만, 착실히 진화작업을 진행중이라는 연락이 왔으니 쓸데없는 걱정은 접어두길 바랍니다. 이곳에서 되돌아간 결사대원들은 모두 건강한 모습으로 열심히 임무에 충실하고 있습니다. 그들의 용기가 여러분의 생명을 지켜주고 있음을 기억하고, 모두들 차 안에서 휴식을 취하도록 하십시오. 특별한 용무가 없는 한 절대 밖으로 나오지 말도록 다시 한 번 강조하겠습니다."

콜리야킨의 연설이 끝날 무렵엔 해가 완전히 떨어져 어둠이 번지고 있었다. 그래서 프리프야트 쪽에서 하늘로 치솟고 있는 불기둥이 더욱 선명하게 보였다. 그러는 동안 악몽 같은 첫 번째 밤이 지나고, 두 번째 밤이 찾아들고 있었다.

이번에도 콜리야킨의 이야기는 거짓말이었다.

원자로에서 솟는 불길은 점점 더 하늘 높이 치솟고 있었다. 그곳에서 십 킬로미터나 떨어져 피난 대열에 있는 타냐의 눈에도 그것이 확실히 느껴졌다. 타냐는 발전소 쪽에서 치솟고 있는 불길을 계속 응시하고 있었다. 바로 저 불길 속에서 안드레이가 땀으로 범벅되어 죽음의 작업을 하고 있을 생각을 하니 차마 딴 곳으로 시선을 돌릴 수가 없었다.

타냐에게는 오늘밤이 어젯밤보다 더욱 길게 느껴졌다. 어젯밤은 무조건 아파트에서 도망쳐 나와야 한다는 생각에 밤새 쫓기며 새벽을 맞이했지만, 이 밤은 가망 없는 바람으로 지새워야 했다. 여기서 안드레이가 돌아오길 기다릴 것인가, 아니면 이반과 이네사를 데리고 멀리 도망칠 것인가, 어느것이 옳은지 판단조차도 서질 않았다. 타냐의 생각은 불길과 싸우고 있을 안드레이에 대한 걱정에서 마당을 이리저리 뛰어다니던 이네사의 추억으로 꼬리에 꼬리를 물고 이어졌다. 그러나 그 역시 과거일 뿐이었다. 타냐는 이제 다시는 행복한 세로프 가족으로 돌아갈 수 없겠다는 생각이 들었다. 또한 마흔이라는 젊은 나이에 모든 행복한 나날이 끝났다고 느끼고 있었다. 그럼에도 그녀는 남편의 건강한 얼굴을 단 한 번만이라도 더 볼 수 있다면, 그의 다정한 목소리를 들을 수만 있다면 그보다 더 큰 소망이 없겠다며 마음속으로 빌고 또 빌었다.

시각은 이미 새벽 한 시를 훌쩍 넘었다.

버스 안의 사람들은 대부분 곤히 잠들어 있었다. 그때였다. 어둠 속에서 무언가 움직이는 것이 타냐의 눈에 들어왔다. 사람의 그림자였다. 보초를 서는 군인이라면 저렇게 몸을 낮게 숙이고 달릴 까닭이 없을 텐데 이상하다 싶었던 순간, 번갯불같이 스쳐 지나가는 생각에 타냐의 심장은 터질 듯이 뛰기 시작했다. 어둠 속의 그림자는 발소리를 죽이고 버스 주위를 돌며 누군가를 찾아 헤매고 있었다.

'틀림없이 발전소에서 도망친 사람일 거야!'

타냐는 조심조심 잠든 이네사를 의자에 눕히고 조용히 버스 밖으로 나왔다. 보초가 멀찍감치 서 있는 것을 확인하고서 타냐는 땅바닥에 납작 엎드린 채 사람 그림자가 다가오길 기다렸다. 이윽고 그 그림자는 타냐 바로 앞까지 다가왔다. 그녀는 상대가 눈치채지 못하게 살금살금

다가가 상대방의 손목을 꽉 붙잡았다.

　타냐는 깜짝 놀라 돌아보는 남자의 얼굴을 똑바로 쳐다보았다. 그는 땀과 진흙이 범벅되어 엉망이었고, 왼쪽편 얼굴과 몸은 새까맣게 그을려 있었다. 또 너덜너덜해진 셔츠 사이로 드러난 그의 오른편 몸은 목덜미에서 가슴까지 빨갛게 익어 있었다. 이 무슨 처참한 꼴인가. 타냐의 눈에서 왈칵 눈물이 쏟아졌다. 그러고선 정신이 아득해지면서 온몸에 힘이 빠지는가 싶더니 그만 피투성이인 남자의 손목을 놓치고 말았다.

위험지대로부터의 탈출

 타냐는 손수건을 꺼내 일단 손에 묻은 검붉은 피를 닦아낸 다음, 사내에게 그 자리에서 조금만 기다리라고 손짓했다.

 그녀는 당장이라도 남편이 발전소에서 어떻게 지내고 있는지, 아직 무사한지 묻고 싶은 마음이 굴뚝같았지만 지금은 그럴 때가 아니었다. 니콜라이가 심한 화상을 입은 모습으로 거친 숨을 내쉬고 있었기 때문이다. 그는 아내 그루센카를 만나겠다는 생각에 탈출을 감행한 것이었다. 니콜라이의 눈은 되려 타냐에게 '그루센카는 어디에 있소?' 라고 묻고 있었다. 아마도 그는 자기 딸이 죽었으리라곤 꿈에도 생각 못하고 있을 것이다.

타냐는 발소리를 죽이고 다시 버스로 돌아가 조심스럽게 그루센카를 흔들어 깨웠다. 두 여인은 주변을 이리저리 살피며 초원으로 나왔다. 불안한 눈길로 어둠속을 바라보고 있던 니콜라이는 아내의 모습을 보자 반가운 마음과 동시에 밀려드는 슬픔으로 심장이 폭발할 것만 같았다. 니콜라이와 그루센카는 힘껏 껴안고 서로의 이름을 수없이 되뇌었다. 만약 타냐가 곁에 없었다면, 그루센카는 보초도 아랑곳하지 않고 큰소리로 울어 버렸을 것이다. 그랬다. 그루센카는 이젠 죽어도 좋다고 생각했다. 다시는 볼 수 없는 죽음의 세계로 딸자식을 빼앗겨 버린 슬픔을 함께 나눌 자신의 반쪽인 니콜라이가 돌아왔으므로.

그러나 니콜라이의 모습은 대낮이라도 알아볼 수 없을 정도로 심하게 일그러져 있었고, 이곳까지 달려오느라 마지막 힘까지 다 썼는지 이젠 도망칠 수도 없는 거의 절망적인 상태였다. 타냐는 그들의 모습을 안타깝게 지켜보다가 조심스럽게 말했다.

"니콜라이, 놀라지 말고 들어요. 그루센카가 직접 말하기는 어려울 것 같아서 제가 말할게요. 당신의 사랑스런 카테리나가……."

타냐는 잠시 망설인 다음 다시 말을 이어갔다.

"미안해요. 마저 말할게요. 지금 그루센카의 심정이

어떤지 알아야 할테니까요. 실은 당신이 발전소로 떠나자마자 카테리나는 하늘의 부름을 받았어요."

순간, 니콜라이는 도무지 믿을 수 없다는 표정으로 아내의 얼굴을 쳐다봤다. 그녀의 눈이 조용히 그렇다고 말하자, 이내 그는 온몸에 힘이 빠져 엎어지듯 땅바닥에 얼굴을 파묻었다. 가엾은 니콜라이. 타냐는 그가 마음을 추스릴 때까지 그저 묵묵히 지켜볼 수밖에 없었다.

얼마나 시간이 지났을까. 니콜라이가 지친 표정으로 천천히 고개를 들었다. 그제서야 남편의 소식을 못내 궁금해하던 타냐는 그에게 음식을 권하며 물었다.

"니콜라이, 물 드세요. 먹고 싶지 않겠지만 여기 샌드위치도요. 지금은 음식이 아주 귀하답니다. 자, 얼른…… 그리고 니콜라이, 솔직하게 말해 줘요. 이대로는 하나둘씩 우리 모두 죽어갈 뿐이에요. 발전소는 지금 어떤 상황이죠?"

니콜라이는 아내의 부축을 받아 물을 한 모금 마시고는 다소 생기를 되찾아 대답했다.

"감사합니다만, 지금은 정말 아무것도 먹고 싶지 않군요. 발전소 일부터 말씀드리죠. 전 비겁하게 도망쳐 나왔어요."

"비겁하다니? 아니에요. 당신은 어쩌면 용기 있는 사람이에요."

"세로프 부인, 당신의 남편 안드레이는 지금 발전소에 남아 있습니다. 그 무서운 곳에요."

"살아 있나요……?"

"제가 도망쳐 나올 때에도 그는 다른 사람들에게 큰 소리로 지시를 내리고 있었어요. 아니, 처음부터 말씀드리죠. 발전소에 도착하기 전에 먼저 사고가 생겼어요. 도중에 자킬로프와 사프첸코, 그리고 또 한 사람이 대들었던 겁니다."

"자킬로프라면 아나트리 부인의 아드님 말인가요?"

"예. 평소에는 무척이나 소심한 녀석이었는데, 그 녀석이 버스 속에서 대담하게도 연설을 시작했어요. 그러다가 버스에서 끌려 내려가 본보기로 총살당했습니다."

"총살…… 방금 총살이라고 하셨나요?"

"네…… 나랑 동갑내기였습니다. 그 녀석에게도 갓 태어난 아이가 있었는데…… 그러자 그 녀석하고 친했던 사프첸코가 완전히 정신이 나가 자포자기 상태로 반항했구요. 모두들 같은 기분이었을 겁니다. 안드레이는 주먹을 꽉 쥐고 참고 있더군요. 나도 분노가 폭발하려는 것을 아내와 딸을 생각하며 간신히 참았는데…… 아아, 카테리나!"

니콜라이는 감정이 북받쳐 더 이상 말을 잇지 못하고 딸의 이름을 되뇌었다. 그러다가 몇 차례나 심호흡을 하고선 다시 말을 이어나갔다.

"아내와 딸을 한 번만 더 보고 싶다고 필사적으로 하느님께 빌었습니다. '하느님, 저에게 참을 수 있는 힘을 주십시오. 제발 참을 수 있게 해주십시오'라고요. 자킬로프는 나무에 묶여 총살당했어요. 눈이 가려지면서, 자기 아이의 이름을 외치더군요. 나는 그 소리를 절대 잊지 못합니다. 페트로! 페트로!

그놈들, 정말 지독한 인간들이었어요. 설마 했지만 결국 죽이다니…… 사람을 죽였단 말입니다! 안드레이도 무척 아끼던 친구였는데…… 사프첸코와 또 한 사람 역시 마찬가지로 간단히 죽여버렸습니다. 난 믿을 수가 없었어요. 생명이 그렇게 하찮게 여겨진다고 생각하니, 어떻게 해서든 아내와 딸이 있는 곳으로 돌아가야겠다고 결심했지요. 그때부터 쭉 도망칠 기회를 노렸어요.

총살당하는 모습을 본 사람들은 분노를 느끼면서도 두려움에 떨며 침묵을 지켰습니다. 나도 발전소에 도착할 때까지는 그저 죽은 사람들만 생각하며 떨고 있었지요. 그런데 불이 활활 타오르는 발전소를 가까이에서 직접 보니까, 이번에는 그곳이 너무나 무서웠어요. 우리가 탄 버스와 엇갈려 나오는 버스가 한 대 있었는데, 앞자리의 사람들이 모두 죽었는지 죄다 바닥에 누워 있었어요. 나 자신도 저렇게 될 것이라 생각하니 도망치고 싶은 마음

뿐이었습니다. 아마 모두들 마찬가지였을 겁니다. 그러나 자킬로프의 죽음을 보았기 때문인지, 한 사람도 도망치려고 하지 않았습니다. 게다가 발전소 주위도 온통 군인들로 둘러싸여 있어서 사실상 불가능해 보였고요.

버스는 마침내 발전소 안으로 들어갔고, 그때부터는 3호로가 폭발하는 것을 막기 위해 온 힘을 다해 뛰어다녔습니다. 사실 계기 조정 작업에 우리 전부가 한꺼번에 필요한 것은 아니었지요. 평소 때라면 열 명만 있으면 되는 일이었습니다. 게다가 우리는 소방대원도 아닌데 실제로 할 수 있는 일이 뭐 있었겠어요. 하지만 건물 주위로 조금만 다가가도 가스 때문에 몸이 배겨나질 못했기에, 열 명씩 조를 짜서 교대로 건물 안으로 들어가 계기를 조작하고는 뛰쳐나오곤 했습니다. 이런 작업을 계속 반복해야 했기에 많은 사람이 필요했던 거지요. 마스크 따위는 아무런 도움도 되지 못했습니다.

그런데 우리보다 소방대원들이 더 힘들게 작업하고 있었어요. 그들은 이미 폭발한 4호로의 진화 작업을 벌이고 있었는데, 정말 쳐다만 봐도 아찔했지요. 헬리콥터 한 대가 공중에서 작업 개시 명령을 내렸고요. 안드레이는 군말 없이 첫 조로 들어갔다 나와서 우리에게 3호로의 상황을 설명해 주었습니다. 물론 3호로도 폭발할 가능성이 크지만, 아이들을 위해 희생하자고 안드레이는 사람들을 설득했지요. 그 말에 우리들도 조금은 불안한 마음이 진정되었습니다. 하지만 배선이고 뭐고 손대기는커녕 어디가 망가졌는지조차 모를 지경이었습니다. 그래도 안드레이의 지시에 따라 확인 작업부터 시작하여 전력을 다해 일했습니다.

그런데 작업을 시작한 지 얼마 되지도 않았는데 모두들 몸이 이상하다고 느끼기 시작했습니다. 처음에 키베노크가 피를 토하고 쓰러지더니 조금 있다 너도나도 픽픽 쓰러지는 것이었어요. 그저 그곳에 있다는 것만으로 죽을 이유가 충분했죠. 군인들은 방독 마스크를 쓰고 있었지만, 그들 역시 그다지 다를 게 없었을 겁니다. 이미 방사능 측정기 바늘이 망가졌을 만큼 사태가 심각했으니까요. 가만히 서 있기만 해도 버섯구름에서 뿜어 나오는 방사능 때문에 죽는 건 시간문제였어요. 나도 가슴과 배쪽이 이상함을 느꼈고, 간혹 다리에 힘이 들어가지 않는 때가 있어 오싹했습니다. 그렇지만 참자, 어떻게든 견디자고 몇 번이나 스스로를 격려했습니다. 여기까지 도망 올 수 있었던 것은 운도 좋았지만, 그루센카와 카테리나가 없었다면 도저히 불가능했을 겁니다.

해질 무렵, 드디어 나도 돌격조로서 건물 안에 들어가야 할 차례가 돌아왔습니다. 안드레이는 앞 조가 기재해 온 방사능 수치를 보고 새파랗게 질려 서 있더군요. 상황은 점점 위험해지고, 작업은 도대체 어떻게 되어가고 있는지 도통 모르겠고. 어쨌든 나는 절망적인 마음으로 돌진해 들어갔습니다. 그리고 뭐가 어떻게 됐는지 통 기억이 나질 않아요. 잠시 후 정신을 차려보니 시체처럼 바닥에 널브러져 있더군요. 그래서 그랬는지 아무도 날 거들떠보지 않았어요. 그때 이것이 마지막 기회라 판단했습니다. 슬슬 기어서 경계가 느슨한 뒤쪽으로 돌아갔어요. 그리곤 죽을 힘을 다해 뛰었습니다. 어디로 어떻게 달려왔는지 생각이 안날 정도로요. 도중에 길에서 자킬로프의 시신을 보았습니다. 나무에 묶여 있길래 끈을 풀어 눕혔지요. 지독한 놈들입니다. 무고한 사람을 해치고 매장도 안 해 주다니 말이에요.

   세로프 부인, 죄송하지만 아무것도 기대하지 마세요. 안드레이는 많은 사람을 구하겠다는 생각에 온 힘을 다하고 있어요. 자기 몸 따위는 전혀 생각하고 있지 않습니다. 그렇게 냉철한 안드레이를 본 것은 처음입니다. 이런 말투를 용서하십시오, 부인. 저도 안드레이가 무슨 생각으로 그렇게 행동하는지 잘 알고 있어요. 하지만 안드레이의 행동은 자살행위나 마찬가지입니다. 세 번씩이나 건물 속에 들어갔다 왔는데도 아직 괜찮다고 말하더군요. 그 표정과 죽을 힘을 다하는 모습이란 정말······.

   제가 말씀드릴 수 있는 건 여기까지입니다. 지금 저 불기둥 아래는 죽음의 전쟁터입니다. 모든 것이 저 불기둥 속으로 빨려 들어가는…… 저, 물 한 잔 더 주시겠어요?"

타냐는 니콜라이의 이야기를 들으며 그래도 뭔가 희망을 찾으려 애썼다. 그녀는 나직히 말했다.

"니콜라이, 자세한 이야기 들려주셔서 정말 고마워요. 잘 돌아오셨어요. 남편의 마음을 알 수 있을 것 같군요. 제가 알고 싶었던 건 그거예요…… ."

그때였다. 타냐의 얼굴에 돌연 전등 빛이 비추어졌다. 그녀는 놀란 나머지 그만 물통을 떨어뜨렸다.

"당신들 여기서 뭐하는 거야!"

보초가 놀란 세 사람의 얼굴에 번갈아 전등을 비추며 거칠게 고함을 쳤다.

"이럴 줄 알았어. 이봐, 이름이 뭐야! 어디서 도망쳐 온 거지!"

"아니에요. 아마 이 주변에 사시는 분 같은데, 말도 할 수 없을 정도로 몸이 상한 것 같아 잠시 간호를 해드리고 있던 참이에요."

그루센카가 빠른 말씨로 얼버무렸다. 그러나 보초는 그녀의 말이 끝나기가 무섭게 다시 고함쳤다.

"여자들은 조용히 해! 이 상처는 보통 상처가 아냐. 너 혹시 발전소에서 도망쳐 나온 것 아냐? 세 사람 모두 이쪽으로 와."

이쯤 되자, 타냐는 마음을 굳게 먹고 보초에게 사실대로 다 말하기로 했다. 그녀는 니콜라이의 상처를 보여 주며 얼마 남지 않은 목숨이니 너그럽게 봐달라고 애원했다. 그러나 타냐의 바람은 여지없이 산산조각나 버렸다. 정황을 듣고 난 보초가 더욱 기세등등하며 명령조로 이렇게 말했던 것이다.

"옳거니! 짐작대로 당신은 탈주자군. 자, 저리로 가."

세 사람은 마침내 부대장에게 끌려갔다. 그래도 두 여인은 희망을 버리지 않은 채 다시금 같은 설명을 하며 부대장에게 애원했다. 애절한 호소 탓인지 부대장의 마음은 조금 흔들리는 듯했다. 그는 곧 콜리야킨을 불렀고 낮은 목소리로 의논했다. 그러나 콜리야킨은 현재 발전소 상황을 생각해 볼 때 탈주자를 선처한다는 것은 결코 있어선 안될 일이며, 만약 다른 결사대원 가족들이 이 사실을 알게 되면 뭐라 그러겠냐며 부대장에게 강한 말투로 피력했다.

이윽고 부대장이 세 사람 쪽으로 다가왔다.

"타냐 세로프, 당신 남편 안드레이는 지금도 발전소에 서 있는 힘을 다해 작업을 하고 있소. 그런데 이 니콜라이 알렉산드로프는 도망쳐 왔소. 변명의 여지가 있다고 생각하오?"

그러자 그루센카가 조용히 말했다.

"니콜라이를 죽이려면 나도 함께 죽여 주세요."

"그루센카, 이것은 당신 남편의 일이오. 당신까지 처벌받을 필요가 없소."

"같이 처벌하지 않겠다면 니콜라이가 말해 준 것을 여기 있는 모든 사람들에게 떠들고 다니겠어요. 자킬로프와 사프첸코가 무참히 처형당했고, 발전소로 돌아간 사람들은 모두 니콜라이처럼 비참한 최후를 맞을 것이라고 이야기하겠다고요."

부대장은 콜리야킨과 잠시 눈길을 나누더니, 이번엔 음흉한 미소를 입가에 흘리며 듣기만 해도 불쾌한 목소리로 말했다.

"음, 어쩔 수 없군. 가족이라 해도 탈주자를 숨겨 주려 했으니 당연히 처벌을 받아야겠군. 그리고 타냐 세로프, 당신은 니콜라이의 탈주에 관해선 아무것도 모르는 거죠, 확실히 그렇지요?"

"아뇨, 나 역시 알고 있습니다."

타냐가 상기된 음성으로 단호하게 반박하자, 콜리야킨이 급히 끼어들었다.

"세로프 부인, 이러면 좋지 않습니다. 자녀들을 생각하셔야죠. 게다가 안드레이에게도 좋지 않고요. 부인의 생명은 당국에서도 매우 중요하게 생각하고 있어요. 여기서 더 이상 부인이 무슨 이야기를 한다는 것은 서로에게 아무런 도움도 되질 않습니다. 내일 아침엔 여길 떠날 텐데, 그후 아이들이 어떻게 될까 염려되지 않나요? 부탁컨대 잠자코 있어 주십시오."

이때 화상 때문에 심한 고통을 느끼고 있던 니콜라이가 짧은 신음 소리를 냈다. 뭐라고 입을 열려 했지만 마음대로 말이 나오지 않는 모양이었다. 하지만 콜리야킨을 쏘아보는 니콜라이의 눈동자는 분노로 이글거리고 있었다.

"안녕."

그루센카는 체념한 듯 타냐의 손을 잡았다.

이윽고 그루센카의 외마디 작별인사를 등 뒤로 하고, 타냐는 버스까지 다시 끌려와야만 했다. 흐르는 눈물이 미처 마를 새도 없이.

다음날 아침, 키예프에서 도착한 식량이 배급되기 시작했다.

사람들은 일단 한숨을 돌렸다. 그때, 갑작스레 확성기에서 콜리야킨의 목소리가 울려 퍼졌다.

"어젯밤 발전소에서 탈주한 자가 이곳으로 도망쳐 온 사건이 있었습니다."

느닷없이 시작된 연설에 사람들은 바짝 긴장했다.

"그자의 이름은 니콜라이 알렉산드로프. 그는 동지들

이 목숨을 걸고 복구 작업을 하고 있을 때 괘씸하게도 혼자서 도망쳐 나왔습니다. 그의 아내는 또한 그를 숨겨 주었고 우리에게 저항하려고 했습니다. 당국은 이번 사건을 그냥 넘겨서는 안 된다고 생각하고 두 사람을 엄벌에 처하기로 결정했습니다. 여러분은 이 수치스러운 이름과 함께 그들의 행위가 어떤 결과를 가져왔는지 똑똑히 기억하길 바랍니다. 더불어 지금과 같은 비상사태에서는 모든 사항을 엄정하게 처리할 수밖에 없는 당국의 입장을 이해해 주십시오.

한 가지 더! 오늘은 일요일이지만 우리를 태우고 갈 버스가 이미 이곳으로 출발했다는 연락이 왔으니, 오후엔 전원이 먼 곳으로 이동할 겁니다. 유감스럽게도, 현재로서는 프리프야트로 돌아가는 것은 사실상 어렵다는 판단입니다. 그러나 국가는 온 힘을 다해 여러분을 도울 것이니, 앞일에 대한 불안일랑 떨쳐 버리고 당국의 지시대로 따라 줄 것을 거듭 당부하는 바입니다."

타냐의 주변에 앉아 있던 사람들은 방송이 끝나자 니콜라이의 탈주에 대해 경멸과 분노의 말을 섞어가며 수군대기 시작했다. 그중에는 차마 들을 수 없는 조롱의 말도 섞여 있었다. 어제 남편을 발전소로 보낸 가족들도 니콜라이를 동정하기는커녕 더욱 강한 증오심을 내보이고 있었다.

타냐는 지금이라도 나서서 숨김없이 모든 것을 털어놓아야 하나 말아야 하나 망설였다. 그러나 차마 입을 떼려야 뗄 수가 없었다. 사실을 말해도 아무도 귀 기울일 것 같지 않은 분위기였기 때문이다. 체념한 그녀의 눈에서 다시금 눈물이 뺨을 타고 흘러내렸다. 이반이 엄마의 손을 잡고 작은 소리로 물었다.

"엄마, 알렉산드로프 아저씨는 총살되나요?"

타냐는 차마 아들의 눈을 볼 수 없어서 앞만 바라보며 고개를 끄덕였다. 그러자 이반 역시 고개를 끄덕인 채 더 이상 아무 말도 하질 않았다.

정오까지의 시간은 모두에게 너무 길게 느껴졌다. 사람들은 후덥지근한 버스에서 내려 신선한 바람을 쐬고 싶었지만, 바깥은 이미 너무도 무서운 곳으로 변해 있었다. 그런 가운데, 타냐는 이 상황을 용케도 잘 참아내며 뭔가 골똘히 생각에 빠져 있는 듯한 이네사의 얼굴을 불안한 눈빛으로 쳐다보고만 있었다.

시간이 흘러 버스가 속속 도착하기 시작했다. 피난민들 사이에선 너나 할 것 없이 오랜만에 환성이 터져 나왔다. 이들은 '이제부터 또 어디로 실려 갈까' 그런 걱정을 하기에 앞서 지금보다는 훨씬 편안한 자세로 앉게 되었다는 생각만으로도 그저 기뻤던 것이다. 하지만 이 사소한 기쁨에 취해 있는 사람들 틈바구니에서, 타냐는 어젯밤 니콜라이에게 들었던 발전소의 처참한 상황을 떠올리며 이 모두가 부질없다는 생각만 들 따름이었다.

버스가 농장을 떠나 새로운 안전지대를 향해 이동하기 시작한 것은 오후 두 시가 지나서였다.

이만여 명이나 되는 사람들을 수송하다 보니 버스 행렬은 가히 장관이었다. 선두 버스가 출발한 것은 오후 두 시 경이었지만, 트럭에서 새로 도착한 버스로 옮겨 탄 사람들까지 모두 떠나가는 데는 족히 두 시간이 넘게 걸렸다. 그런데 그 사이 이해할 수 없는 상황이 벌어졌다. 오전까지만 해도 멀쩡했던 아이들이 버스로 옮겨 타기 위해 벌판으로 나오자마자 여기저기서 이유도 없이 쓰러지기 시작한 것이다.

먼저 이네사가 갑자기 타냐 앞에서 넘어졌다. 바로 옆에서 다른 아이도 넘어졌다. 마찬가지로 여기저기서 아이들이 쓰러지고 있었다. 이네사는 잡아 주려고 내민 오빠의 손을 거절하고 혼자 일어서려 했지만 무릎에 힘이 들어가질 않는지 또 넘어졌다. 타냐는 손을 내밀다 말고 물끄러미 딸아이의 모습을 살펴보았다. 아무래도 이네사는 혼자 일어설 수가 없는 듯했다. 타냐는 이네사를 안아 들고 뺨을 비볐다.

'버스 안에서 너무 지쳐서 그런가? 예전엔 이런 적이

없었는데…….'

 의아하게 생각하며 주위를 둘러보던 타냐의 눈에 아이를 들어 안은 엄마들의 모습이 여기저기 보였다. 내 아이만 이상한가 싶어서 둘러보다가 눈길이 마주친 엄마들은 아무 말도 하지 않았지만 이내 서로의 눈빛에서 불안한 기색을 읽어낼 수 있었다. 누구도 확실히 말할 수는 없었지만, 엄마들은 또 다른 두려운 일이 벌어지고 있음을 분명히 직감할 수 있었던 것이다.

 버스는 달리기 시작했다. 이반은 달리는 차 속에서 깊은 생각에 잠겼다.

 '일이 심각해. 엄마는 아무 말도 해주지 않지만 앞으로 더 지독한 일이 벌어질 거야. 아빠가 떠났어…… 이네사도 위험하고…… 계속 이상한 일들이 생기고 있어…….

 이반, 정신차려. 지금은 잘 생각해야 해. 나도 죽을지 몰라. 알렉산드로프 아저씨는 이미 총살당했잖아. 무엇이 이렇게 엉망진창으로 만들어 버렸을까? 그래, 답은 간단해. 모든 일은 바로 저 폭발 때문에 생긴 거야. 그래, 난 절대 잊지 않겠어. 모든 것을 다 기억할 거야. 그까짓 폭발 때문에 모든 게 다 엉망이 되다니, 정말 어른들이 하는 일은 어리석기 짝이 없어. 아무튼 틀림없이 지금보다 더 지독한 일이 생길 거야.

 콜리야킨은 우리를 어떻게 할까? 아빠와 헤어지게 만

들더니 이젠 엄마와도 떨어뜨리려고 하겠지. 그래, 우리만 따로 남게 해놓고 분명 무슨 수를 쓸거야. 그런데 도대체 우리를 어디로 데려가고 있는 걸까? 알 수 없어. 이것이 마지막이 될지도 모르는데, 지금 나는 아무것도 모르겠어…….

하지만 아직 기회는 있어. 정신만 똑바로 차리고 있으면 반드시 저놈들도 허술한 틈을 보일 거야. 두고 보자, 쉽게 당하지는 않겠어!'

이반은 차창 밖으로 흘러가는 풍경처럼 그렇게 혼잣말을 중얼중얼 되뇌었다.

외로운 소년

 농장을 출발한 버스 대열은 새로운 피난처를 향해 달려가고 있었다.

 버스 안에 앉아 따뜻한 햇볕을 얼굴에 받으며 무심코 창 바깥을 내다보던 이반은 갑자기 눈앞이 깜깜해지는 것을 느꼈다. 어떻게 된 일일까? 스스로 깜짝 놀란 이반은 등줄기를 스치는 공포감에 몸이 떨려왔다.

 이반은 급히 손을 내밀어 앞좌석 등받이 뒤에 달린 손잡이를 잡으려 했다. 아까부터 불안한 기색으로 두 아이를 살피던 타냐가 아들의 부자연스러운 동작을 눈치챈 듯 말했다.

 "이반, 왜 그러니?"

"아녜요, 아무것도. 그냥 약간 어지러워서……."

엄마가 놀랄까봐 거짓말로 얼버무리는 사이에, 이반의 눈은 조금씩 괜찮아지는 듯했다. 그제서야 이반은 걱정스런 눈빛으로 자신을 바라보고 있는 엄마를 향해 천천히 고개를 돌렸다. 엄마의 얼굴이 눈에 들어오자, 이반은 평소에는 전혀 느낄 수 없었던 가슴 벅찬 희열을 왠지 느낄 수 있었다. 그것은 어쩌면 자신이 실명하지 않은 것에 대한 감사와 함께 온몸으로 전해져 오는 엄마의 뜨거운 애정 때문인지도 몰랐다.

'아…… 엄마가 날 걱정하고 있구나. 다행히 아직은 괜찮아. 그런데 만약 내 눈이 진짜 안 보이게 되면 어떡하지? 아까는 정말 아무것도 안 보였어. 다른 사람들은 모두들 괜찮은 것 같은데, 왜 나만 이상하지? 제길, 뭐 이런 게 다 있어. 왜 그런지 이유만 알면 지금부터 어떡해야 좋을지 생각해 둘 텐데…….'

이반은 다시 창 밖으로 시선을 돌렸다.

'저게 뭐지? 헬리콥터잖아. 굉장히 많은데. 북쪽으로 가는 걸 보니 발전소로 가는구나. 어? 왜 모두들 박수를 치지? 아! 도와주러 와서 고맙다는 뜻인가? 그래, 나도 아빠를 구해달라고 쭉 기도했었지. 아…… 저 헬리콥터가 아빠를 빨리 구해낸다면 얼마나 좋을까.'

이반의 머릿속에 발전소의 불길과 싸우고 있을 아빠의

모습이 문득 떠올랐다. 그러자 생각이 꼬리에 꼬리를 물고 이어졌다.

'이대로는 틀림없이 죽고 말거야. 아빠도, 엄마도, 이네사도, 그리고 나도. 아니야, 그런 일은 없어. 절대 안 죽어. 근데 죽으면 정말 아무 생각도 못하게 되는 걸까? 그렇게 되면 아빠도 엄마도 두 번 다시 만날 수 없겠지. 서로 얘기도 못 나누고, 이네사랑 함께 놀 수도 없겠지. 그런데 몸이 없어지면 생각들은 어디로 가지?

아빠! 아빠는 내가 얼마나 보고 싶어하는지 모르시죠? 우리가 지금 버스에 실려 어디론가 가고 있는 것과 제 눈이 점점 이상해지고 있다는 걸 아빠가 알게 되면 뭐라고 말씀하실까요? 아! 우리 가족이 헤어지는 건 정말 싫어요. 먼 곳에 있는 아빠한테는 모두 말해 버리고 싶어요. 엄마가 내 이야기를 들으면 또 걱정하며 마음만 괴로워할 게 뻔하니까요.

그런데 아빠는 지금 뭐하고 있을까? 그래, 나야 전혀 모르지. 지금 아빠의 기분도 알 수 없고…… 지금쯤 무척 고생하고 계실 텐데, 나는 아빠를 위해 아무것도 할 수 없으니…… 발전소에서 이렇게 멀리 도망왔는데도 온몸이 여기저기 바늘로 찌르는 것처럼 아픈데 아빠는 얼마나 고통스러울까…….'

하지만 소년은 한 가지 사실을 착각하고 있었다. 발전

소에서 꽤 멀리 벗어났다고 느꼈지만, 사실 자신이 탄 버스는 방사능 가스가 뒤덮고 있는 한가운데를 불과 이십 킬로미터 남짓 달려온 것에 불과하다는 것을. 실제로 그곳은 버스보다 훨씬 빠른 속도로 확산되고 있는, 가스로 가득한 죽음의 지대나 다름 없었던 것이다. 물론 이반은 그 사실을 깨닫지 못하고 있었지만, 소년의 몸은 민감하게 그것을 감지하고 있었다.

'세상 사람들은 뭘하고 있는 걸까? 우리가 죽어가고 있는 것을 알고나 있긴 할까? 아니, 모를 거야. 아무도 구원의 손길을 내밀지 않잖아? 그래, 다른 사람들의 일 따위야 어떻게 되든 신경 쓰지 않겠지……. 빌어먹을! 이렇게 천천히 달려서야 언제쯤 안전한 곳에 도착하겠어? 대체 언제까지 우릴 버스 안에 가둬둘 생각이지…….'

그러나 이런저런 상념때문이었을까. 소년은 미처 눈치채지 못했다. 자기도 모르는 사이에 시야가 조금씩조금씩 흐려지기 시작하고 있다는 사실을.

열다섯 살 소년이 올려다보았던 하늘에는, 마치 들새들이 떼지어 날 듯 몇십 대나 되는 헬리콥터가 편대를 이루어 남쪽 키예프 방면에서 북쪽 발전소 방향으로 날아가고 있었다.

이미 해는 기울기 시작했고, 검푸른 하늘에는 석양빛

구름이 띄엄띄엄 모습을 드러냈다. 우크라이나의 황록색 초원도 그것과 조화를 이루어 흑갈색 토양 빛을 반사하며 초봄의 체취를 물씬 풍겼다.

조금 전까지 해질 무렵의 아름다운 자연 풍경을 쫓고 있었던 소년의 눈에 다시 어둠이 찾아들었던 것은 이때였다. 바라보고 있던 하늘과 벌판의 풍경이 점차 둥그스름해지는가 싶더니, 이윽고 점점 유리 구슬을 통해 바라보이는 것처럼 완전히 구형으로 변해 버렸던 것이다. 동그란 영상은 점차 기분 나쁜 회색으로 덮이며 눈꺼풀을 깜빡일 때마다 스르르 줄어들어 갔다. 그리고 동그라미가 점차 작아져 마침내 온통 회색으로 덮였을 때, 이반의 시야엔 아무것도 들어오지 않았다. 귀에 울리는 헬리콥터 소리만이 점점 더 크게 느껴질 뿐이었다.

이제 소년의 눈앞엔 깊이를 알 수 없는 어둠만이 짙게 깔려 있었다. 이반은 아까와는 다르게 당황하지 않고 천천히 행동했다. 눈이 보이지 않게 되었다는 사실을 스스로가 받아들이도록 침착하게 마음을 다독이면서, 시력이 회복되지 않을 경우 어떻게 행동할 것인가 얼른 생각해 놓아야겠다고 판단했다. 아니 판단했다기보다는, 소년의 몸속 어디엔가 숨어 있던 생존본능이 재빠르게 움직였다고 보는 편이 나을 것이다.

이반은 천진난만한 성격과 풍부한 감수성을 타고난 소

년이었다. 또한 어떤 일에도 대충 지나치지 못하고 의문을 갖는 성격이었다. 그런 반면, 위급한 상황 속에서는 마치 어른처럼 침착하게 최악의 경우란 어떤 것일까 결론을 내릴 때까지 수차례 생각을 거듭하는, 자신의 일에 관해서는 지극히 이성적인 소년이기도 했다.

'이럴 수가? 아무것도 안 보여! 헬리콥터 소리도, 이 버스 소리도 들리는데 정말 아무것도 보이질 않아! 이네사 곁에조차 갈 수가 없어. 버스가 많이 흔들리네. 그래, 이건 결코 꿈이 아니야. 그렇다고 아직 죽은 것도 아니야. 나는 살아 있어. 하지만 눈앞에 덮인 이 새까만 막은 대체 뭐지? 아니, 이것은 막이 아니야. 내 시신경 어디가 고장났거나, 눈동자에 이상이 생긴 걸거야. 그렇다면 정말 말도 안돼. 나처럼 건강한 사람이 제일 먼저 실명하다니. 혹시 꿈꾸고 있는 것은 아닐까? 그것도 악몽을. 꿈이라면 빨리 깼으면 좋겠는데. 하지만 이 꿈은 벌써 이틀 전 밤부터 계속됐던 걸. 모두 다 엉망진창이 됐고, 구출될 희망도 없어. 대체 내가 뭘 잘못했다고…….

그래, 이대로라면 끝장일지도 몰라. 누구도 생각지 못했던 일이 순식간에 벌어져, 앗! 하는 사이에 세상은 변해 버리고 말았어. 내가 이 세상에 남아 있을 시간도 이젠 별로 남지 않았겠지. 하지만 아냐, 이렇게 쉽게 포기할 수 없어. 내 인생의 주인은 나니까 다른 사람이 뭐라고 생각하든 신경 쓰지 말자. 나 스스로 만족할 수 있는 삶을 살면 되는 거잖아. 눈이 안 보인다고 삶을 단념할 수는 없지. 그렇다면 여태껏 앞을 볼 수 없는 사람들은 진작에 삶을 포기했어야 하잖아. 그럼, 그렇고말고. 하지만 지금이 중요해. 저들은 내가 자기들한테 조금이라도 걸림돌이 된다면 틀림없이 여기서 격리시켜 버릴지도 몰라. 그래, 맞아. 내가 눈이 보이지 않게 된 걸 절대 눈치채지 못하게 해야지…….'

타냐는 이반이 말없이 무슨 생각에 잠겨 있는지 전혀 알 길이 없었다. 다만 지금으로선 정신을 잃고 잠들어 있는 이네사가 걱정될 뿐이었다.

타냐는 머리카락을 한 움큼 손에 꽉 쥐고는 생각에 잠겨 있었다. 그러다가 무의식적으로 머리카락을 쓸어내리는 찰나, 자신도 모르는 사이에 흠칫했다. 아무런 통증도 없이 한 움큼의 머리카락이 손에 묻어나왔던 것이다. 여태까지 한번도 없던 일이었다.

타냐는 혹시라도 아들이 봤을까 싶어 얼른 고개를 돌려 이반을 살펴보았다. 다행히도 이반은 보지 못한 듯 앞만 뚫어지게 쳐다보며 앉아 있었다. 다시 머리카락에 손을 넣고 또 빠지는지 아닌지를 시험하려던 타냐는 문득 자신의 이런 모습이 처량하게 느껴졌다. 안드레이가 곁에 있어서 그에게 의지할 수 있다면 얼마나 좋을까.

'안드레이, 왜 내 곁에 없나요. 왜 나를 여기에 혼자만 버려두고 떠나 버렸나요. 그래요, 알고 있어요. 당신은 우리보다 더 큰 고통을 느끼고 있다는 것을. 당신의 몸이 어찌되고 있을지 생각만 해도 가슴이 터질 것 같아요. 여보, 꼭 살아야 해요. 제발 나만 혼자 남겨두면 안돼요. 반드시 살아서 돌아와요. 당신이 있는 곳으로 지금 당장 가고 싶어도 아이들만 내버려두고 갈 수가 없네요. 무엇보다 지금 이네사가 걱정이에요. 상태가 안 좋아요. 이반은 다행히 건강해요. 다른 아이에 비해 침착하고 아까부터 뭔가를 골똘히 생각하고 있어요. 이럴 땐 당신을 정말 많이 닮았어요. 그리고 안드레이, 제 머리카락이 빠지고 있어요. 당신만 알고 있어야 해요. 내 몸 어딘가가 이상해지고 있어요. 그래요, 당신만 곁에 있다면 이런 일쯤은 나한테 아무것도 아닌데…….

 그러나 지금은 몹시 쓸쓸하고 비참한 기분이 드는군요. 너무 화내지 말아요. 당신은 이런 이야기를 들으면 아주 무서운 얼굴을 하죠. 당신이 무기력한 인간을 싫어한다는 건 나도 잘 알아요. 그까짓 게 뭐가 중요하냐고 되묻겠지요. 하지만 이해해줘요. 지금 난 누군가에게 투정 부리고 싶어요. 우리가 헤어진 지 벌써 몇 년이나 흐른 것 같아요. 어서 돌아와요. 이반과 이네사를 위해서요. 그리고 당신의 타냐를 위해서도, 타냐를…….'

그녀는 이반이 알아채지 못하도록 다시 머리카락 속에 손을 넣었다. 이번에도 결과는 마찬가지였다. 아니, 더 심했다. 정말 한 다발은 될 듯한 머리카락이 가볍게 움켜쥔 그녀의 손에 또 묻어나왔던 것이다. 타냐는 그것을 가만히 외투 주머니에 감춰 넣었다.

잠시 후, 타냐는 갈증을 느껴 물통을 꺼냈다. 타냐는 컵에 물을 따른 다음 먼저 아들에게 내밀었다. 하지만 이반은 못 본 채 물컵을 무시할 뿐이었다.

"이반, 왜 그러니? 물 마시렴."

"아, 예. 엄마."

이반은 눈이 안 보인다는 사실을 엄마가 알게 되면 큰일이라고 생각했다. 소년은 마음을 굳게 먹고, 어림짐작하여 엄마의 목소리가 들려오는 방향으로 천천히 손을 뻗었다. 다행히 손가락 끝에 컵이 닿았다. 하지만 컵을 잡을 수 없었다. 타냐가 쥐고 있던 컵을 조금씩 아래로 내리며 이반의 태도를 살펴보고 있었기 때문이었다. 타냐의 눈앞에서 이반의 왼손이 허공을 더듬고 있었다.

"이반! 얘야, 이반!"

소년은 나직한 목소리로 엄마가 놀라 외치는 소리를 얼른 막았다.

"엄마, 아무 말씀도 하지 말아요. 그게 좋겠어요."

타냐는 자신의 눈을 믿을 수가 없었다. 그녀는 다시 이반의 눈앞에 손을 내밀었다.

"이반, 내 손을 잡아 보렴."

역시나 이반의 손은 허공을 헤맬 뿐이었다. 타냐가 이반의 손을 잡아 주자, 이반은 아플 정도로 세게 타냐의 손을 움켜쥐었다. 그렇게 두 사람은 손을 맞잡고는 말없이 한참을 있었다.

이윽고 타냐 쪽으로 고개를 돌리는 이반의 눈동자엔 초점이 없었다. 아들의 어깨는 가볍게 떨리고 있었다.

"아무 일도 아니에요. 엄마, 괜찮아요, 별일 아니에요. 이게 큰일인지 아닌지는 제가 하기에 달렸으니까요. 엄마, 왜 이렇게 됐는지 알 것 같아요. 그리고 앞으로 어떻게 될지도요. '머리를 써!'라는 아빠의 목소리가 들려오는 것 같아요. 문제는 버스가 서고 난 다음부터에요. 눈먼 나를 모든 사람들이 귀찮게 여길 테니까요. 그러니 엄마와 떨어지지 않는 게 지금으로선 중요해요. 걱정마세요. 제가 잘 해낼게요."

타냐가 '저 애가 정말 내 아들인가'라는 생각이 들 정도로 이반은 침착하게 또박또박 이야기하고 있었다.

타냐는 어느덧 아들이 어른이 되어가고 있음을 느꼈다. 그녀는 이반이 아까부터 혼자 무슨 생각을 그리 골똘히 했었는지 비로소 알 것 같았다. 자신이 외투 호주머니에 머리카락을 숨겨 넣고 감상적인 생각에 빠져 있을 때,

이반은 극한적 상황에 처해서도 침착하게 앞으로 어떻게 해야 할지를 궁리하고 있었던 것이다.

타냐는 자신을 질책했다. 하지만 이젠 소용없는 일이었다. 그녀는 슬픔과 괴로움에 가슴이 막힌 채 맞잡은 이반의 손을 마냥 바라만 볼 따름이었다. 갑자기 이반이 숨죽여 말했다.

"엄마, 무슨 소리죠?"

아들의 목소리에 타냐는 창 밖을 내다보았다.

농민들이 버스 대열을 가로막고 서 있는 것이 보였다. 아마도 가축을 끌고서 피난길에 나선 것 같았다. 그런데 어딘지 모르게 분위기가 조금 이상했다.

'농부들이 다투고 있네. 누구와 다투는 거지? 아, 군인들이구나. 군인들이 저 사람들을 내쫓고 있는 모양이야. 그래서 농부들이 대들고 있나 봐.'

타냐의 짐작대로였다. 그들은 이 부근의 농장에서 쫓겨나 강제로 피난길에 나선 농민들이었고 마침 지나가던 행렬과 마주친 것이었다.

농민들은 스트레리초프라는 사람을 내세워 군인들에게 격렬히 항의하고 있었다. 그들은 할 말이 많았다. 원자로가 폭발했기 때문에 대피하라는 것까지는 이해할 수 있었다. 하지만 양과 소는 어떡하란 말인가? 온 정성을 기울여 키운 가축들은 농민들에겐 자식이나 마찬가지였다. 그런데 군인들은 가축들을 모두 버려두고 떠나라고 명령한 것이었다. 그것도 총구를 들이대면서 말이다.

게다가 밭은 또 어떡하란 말인가. 마음속으로 올해는 제발 알차게 열매 맺기를 기도하면서 불알이 얼어붙는 추위를 무릅쓰고 땅을 갈고, 또 해가 뜨기도 전에 들로 나가 종자를 뿌리고 비료를 주곤 했던 그 밭을 어떻게 두고 떠나란 말인가? 정말이지 농민들에게 소와 양은 단순히 동물만은 아니었다. 밭작물도 단순한 식물이 아니었다. 스트레리초프와 농민들에게 그것은 생명이자 삶 자체였던 것이다. 그러나 명령에 복종해 기계적으로밖에 행동할 줄 모르는 군인들은 "피난길에 짐만 되는 가축들은 놔두고 가라!", "밭작물쯤이야 어떻게 돼도 괜찮으니 빨리 떠나라!"라는 소리만을 되풀이하고 있었다.

물론 순박한 농민들이 결사적으로 저항하겠다는 생각을 품고 군인들 앞에 선 것은 아니었다. 그들은 그저 당국의 행동에 화가 나서 굳이 소와 양을 끌고 나왔을 뿐이었다. 하지만 농민들이 끌고 나온 가축들은 거대한 무리를 이루고 있어, 군인들에겐 적잖이 위협적으로 보였다.

이반은 엄마의 설명을 통해 그 광경을 머릿속에 떠올렸다. 신기하게도, 눈으로 볼 때보다 오히려 지금이 훨씬 더 깊이 있게 상황을 이해할 수 있을 것만 같았다. 이반은 풍부한 상상력으로 우크라이나의 대초원을 그려내고, 또 그 대지 위에 모여 선 소와 양들을 부드럽게 쓰다듬었다.

하지만 제 아무리 숫적으로 많기는 해도, 농민들이 군인들의 뜻을 꺾기란 불가능에 가까웠다. 실로 군인들에겐 후퇴란 있을 수도 없는 말이기에. 돌연 우크라이나의 초원을 뒤흔드는 총성이 울려 퍼졌다. 그리고 농민들의 비명과 울부짖음이 뒤따랐다. 농민들 가운데 몇몇 사람이 총탄에 쓰러졌고, 가족들이 쓰러진 사람들의 주위를 에워싸고 울음을 터뜨렸다. 피투성이가 된 부모에게 미친 듯이 매달리는 아이들의 모습도 보였다.

그랬다. 군인들에게는 자신들의 의도대로 군중을 움직이게 할 수 있는 힘이 있었다. 지금까지 주입받은 대로 사람을 죽이는 일이 그들에게는 최고 능력이자 보람이지 않던가. 결국 차 안에서 그 모습을 지켜본 몇몇 사람들이 농민들을 쏜 군인들의 무자비한 행동에 격분하여 큰소리로 당국을 비난하기 시작했지만 아무 소용이 없었다. 농민들의 저항은 무산되었고 별 수 없이 군인들의 명령을 따를 수밖에 없었다.

버스 행렬은 다시 갈 길을 서둘렀다.

누구도 알 수 없는 목적지를 향해 계속 남쪽 방향으로 가는 버스에 타고 있는 피난민들은 좀 더 멀리 도망가는 것 외엔 아무것도 생각나는 게 없었다. 앞으로 무슨 일이 생길까 생각할수록 머릿속은 하얗게 비워졌다.

그런데 이즈음 또 다른 불행이 소리 없이 사람들에게 다가왔다. 머리카락이 빠지는 사람은 비단 타냐만이 아니었던 것이다. 처음엔 모두들 그 사실을 가족끼리만 소곤소곤 이야기를 나눈 모양이었다. 그러다 한 젊은 여자가 자기 머리카락이 힘없이 빠져 버리는 것에 놀라 비명을 지르며 울음을 터뜨리자, 이젠 모두 대놓고 웅성거리기 시작했다. 아무리 몸 상태가 나빠도 이런 상황에서는 조용히 있는 것이 좋겠다고 생각했던 사람들마저도 그냥 가만히 있는다고 될 일이 아니라는 점을 그제서야 깨달았다.

차 안은 곧 아수라장이 되었다. 이제까지 아무렇지 않아 보였던 사람들도 알고 보니 몸 여기저기에 출혈이 있었다. 팔다리 할 것 없이 곳곳에 붉은 반점이 나타났는데, 체내에서 파괴된 붉은 핏톨이 피부에 나타난 결과였다. 어떤 남자는 귀에, 어떤 여자는 잇몸에, 어떤 아이는 전신에 피가 비치고 있었다. 그 중에서도 내장 출혈이 가장 뚜렷이 나타났는데, 이 증세가 보이는 사람들은 이미 옷에 피가 묻어나고 있었다. 사람들은 여태껏 서로 다른 사람이 눈치채지 못하도록 계속 참으면서 고통을 숨겨왔던 것이다.

게다가 이반과 마찬가지로, 대부분의 사람들도 살갗을 바늘로 찌르는 듯한 통증과 현기증에 시달리고 있었다. 그렇듯 오랜 시간 동안 아픔을 느끼면서도 아무 일도 없다는 듯 괜찮다고 스스로를 타이르며 버티고 있었기에, 헬리콥터 편대가 날아오자 그들은 다같이 박수를 보냈던 것이다.

　그러나 이제는 상황이 달라졌다. 무슨 말이든 처음 꺼내기가 어려울 뿐이지, 그 다음부터는 거칠 게 없었다. 마침내 흥분한 사람들은 핏발 선 눈망울을 굴리면서 너나 할 것 없이 자신의 증세를 성토하기 시작했다.

　이런 상황 속에서도, 버스는 무심하게 곧 지옥으로 떨어지려 하는 한 무리의 사람들을 싣고서 달리기를 멈추지 않았다. 그러다 마침내 어느 지점에서 선두 차량이 딱 멈춰 섰다. 피난민들의 눈에 들어온 것은 검문소였다. 타냐는 놀란 나머지 무심결에 손으로 입을 틀어막았다. 그녀는 이네사를 얼른 흔들어 깨우고선, 이반에겐 빠른 말로 상황을 설명했다.

　순간, 소년의 얼굴이 긴장으로 굳어졌다.

검문

이미 해는 완전히 기울어져 있었다.

비록 이반은 시력을 잃긴 했지만, 대신 주변 상태를 민감하게 느낄 수 있을 만큼 감각은 오히려 예민해졌다. 버스의 속도가 조금씩 늦춰지자, 이반은 검문소가 다가오고 있음을 직감했다. 소년은 거칠어지는 숨결을 가다듬으며 '침착해야지' 하고 연신 되뇌이며 마음을 진정시켰다. 무슨 수를 써서라도 엄마와 헤어지지 않기 위해서는 눈이 보이지 않는다는 사실을 들키지 않고 검문소를 통과해야 한다는 것을 소년은 느끼고 있었다.

이반은 감정을 억누르며 어떻게 행동할 것인가를 계속 생각했다. 그럼에도 점점 몸이 긴장되고 무릎이 굳는 것은 자신도 어쩔 도리가 없었다. 떨리는 어깨 또한 진정시킬 수가 없었다. 그 모습을 본 이네사가 불안해하는 오빠의 손을 꼭 잡아 주었다. 소녀는 자신도 몸이 말을 듣지 않는 상태였지만, 엄마에게 오빠가 눈이 보이지 않는다는 사실을 듣곤 자기가 오빠를 지켜주지 않으면 안 된다고 굳게 마음먹고 있었다. 마주잡은 오누이의 손에서 흥건히 땀이 배어 나왔다.

버스들이 차례차례 검문소 앞에 도착하는 가운데, 드디어 이반이 탄 버스도 조용히 정차했다. 가슴에 계급장을 단 사관이 즉시 문을 열라고 재촉하며 버스에 올라탔다. 타냐와 이반 그리고 이네사는 앞에서 세 번째 좌석에 앉아 있었다.

이반은 사관이 자신의 눈을 보지 못하도록 고개를 약간 숙이고 온 신경을 귀에 집중시켰다. 굵으면서도 높은 톤의 목소리가 창문을 울리며 들려왔다. 사관은 앞서 정차한 버스에서 내린 주민들이 몸에 이상이 있다고 떠들어대며 당국에 분노를 터뜨리는 것을 보았기 때문에 이번엔 꽤 조심스럽게 이야기했다.

"여러분! 오랫동안 버스를 타고 오시느라 몹시 피곤하실 겁니다. 여기에서 일단 전원이 하차하여 몸 상태를 검진받도록 하겠습니다. 몸에 여러 가지 이상한 증상이 나타나고 있더라도 전혀 걱정하지 마십시오. 의사들이 검진한 바에 따르면 일시적인 증상이라고 하니 치료만 제대로 받으시면 됩니다. 그러니까 이 검문소에서는 의사의 지시를 잘 따라 주셔야 합니다. 진료받을 사람이 많으니, 불필요한 이야기할 것 없이 신속하게 행동합시다. 자, 그럼 모두 내려 주십시오."

이반이 주저하며 앉아 있자, 타냐가 일어서면서 이반의 귓가에 바짝 입을 대고 작은 목소리로 재빨리 지형을 설명했다.

"떨어지지 않도록 조심해라. 여기서 네 걸음만 걸어가면 계단이란다. 이게 신호야."

타냐는 가볍게 헛기침을 해보였다.

"계단은 중간에 하나뿐이야. 그리고는 곧바로 땅바닥이란다. 거기서 검사 장소까지는 내려가서 알려줄게. 자, 이네사부터."

타냐는 이반에게 이렇게 말한 다음 이네사를 쳐다보았다. 이네사는 입술을 꽉 깨물고 이야기를 듣고 있었다. 엄마가 자기를 쳐다보자, 이네사는 이미 알고 있다는 듯 집게손가락을 입술에 대며 고개를 끄덕였다.

버스에서 내리는 사람들 사이에 줄지어 선 이반은 앞뒤에 선 엄마와 여동생의 도움으로 어렵지 않게 땅바닥에 내려섰다. 그러나 갑자기 개울물 소리가 들리자, 이반은 공포심에 사로잡혔다. 이반은 귀를 기울이며 엄마의 등에 꼭 들러붙었다. 조금 전까지만 해도 버스 밖으로 나가 가슴 깊이 신선한 공기를 들이마셨으면 좋겠다고 그토록 바라고 있었는데, 막상 내려보니 정겹게 느껴져야 할 개울조차 눈이 보이지 않는 자신에겐 너무나도 무서운 장애물로 다가왔던 것이다.

'아! 이제 나는 아무 쓸모도 없는 인간이 되어 버렸어. 개울에서 수영할 수도 없고, 엄마와 이네사가 손을 잡아 주지 않으면 걷는 것조차 제대로 할 수 없다니. 앞으론 움직이지도 말고, 아무 데도 가지 말고, 그저 가만히 앉아 공상에나 빠져 있어야겠군. 하지만 아니야, 눈이 보이지 않는 사람은 나 말고도 많잖아. 나만 앞을 보지 못한다고 생각하면 안 되지. 지금은 검문소를 어떻게 통과하느냐가 중요한 문제야. 그래, 이렇게 생각하자. 나는 태어날 때부터 눈이 보이지 않았던 거야. 그래서 지금까지 나는 혼자서 어디에라도 갈 수 있도록 스스로 단련해왔지. 나는 뭐든지 할 수 있어. 두려울 게 없다고. 자, 여기서만 잘해 내면 놈들에게 당할 일은 없을 거야. 귀를 기울여 주변 소리를 잘 듣자. 내가 눈이 먼 걸 모르는 이상 아무도 나를 해칠 사람은 없을 테니까.'

이반은 그렇게 마음을 가다듬은 다음 조용히 말했다.
"이네사, 개울까지 어느 정도 거리니?"
이네사는 대답하지 않고 잠시 머뭇거리더니, 곧 오빠

의 불안한 마음을 누그러뜨려 주기라도 하듯 짐짓 명랑한 말투로 말했다.

"오빠가 혼자 맞춰봐."

"그럴까? 음. 고마워, 이네사."

덕분에 이반의 표정이 대담해졌다.

"오 미터? 그래, 오 미터. 맞니?"

"맞아, 오빠. 대충 그 정도야. 이 자갈길 바로 옆이 덤불이고, 그 옆에 곧장 개울이 있어."

"그렇구나. 소리를 들어 보니 큰 개울은 아니구나. 그런데 지금 어디로 가는 거지?"

"한 사람씩 검사받는 중이야. 천천히 걸어, 오빠. 괜찮아, 걱정 안해도 돼. 사람이 워낙 많아서 대충대충 하고 있어. 그리고 오빠, 어깨 좀 나한테 가까이 해줘. 오른쪽 다리가 말을 잘 안 들어. 둘이 같이 가면 한꺼번에 그냥 검사하니까, 오빠 어깨에 기대서 걸을래."

이네사가 오빠의 자존심을 세워 주려고 일부러 꾀를 내어 말한 것이었다.

"알겠어. 나한테도 좋은 일인데, 뭐. 그런데 이네사, 헬리콥터가 오고 있니?"

갑작스런 이반의 말에 이네사는 의아한 표정으로 하늘을 올려다보았다. 이네사의 귀에는 헬리콥터 소리가 들리지 않았던 것이다. 그러나 이반의 말대로 저 멀리 헬리콥터가 열을 지어 날아가고 있었다.

"저렇게 멀리 있는데 소리가 들려?"

"응. 앞으로 방향까지 맞출 수 있게 되면 더 굉장할 거야, 이네사."

이반은 멈춰 선 채, 어디서 헬리콥터 소리가 들려오는지 알아맞히려고 고개를 갸웃거리며 말했다.

이반과 이네사의 등 뒤에 서서 점차 가까워지는 검사관에 신경을 쏟고 있던 타냐는 자식들이 나누는 이야기를 듣자 또다시 눈물이 글썽거렸다. 그것은 슬픔 때문만은 아니었다. 이토록 꿋꿋한 자식들이 왠지 자랑스럽기도 했던 것이다. 문득 타냐는 이반과 이네사를 품에 꼭 껴안고 셋만의 세계로 날아가 아무도 들어오지 못하게 자물쇠를 꼭꼭 채워 버리고 싶다는 생각을 했다. 그때 검사관을 향해 걷고 있던 타냐에게 이반이 말했다.

"엄마, 저 목소리는 카리나예요. 저 좀 숨겨 주세요."

"카리나라고?"

"같은 반 친구예요. 혹시 이쪽으로 오고 있지 않나요?"

왜 그런지 이반은 초조한 듯했다. 타냐가 앞을 보니 어디선가 본 기억이 있는 귀여운 여자아이가 엄마인 듯한 이와 함께 걸어오고 있었다. 소녀는 누군가를 찾고 있는 모양이었다. 타냐는 슬쩍 이반을 자기 몸 뒤로 숨기어 소녀를 지나 보냈다.

"이제 괜찮아, 이반. 카리나는 갔단다."

이반은 엄마의 말에 묵묵부답이었다. 카리나를 맘속으로 좋아했던 소년은 자신의 눈먼 모습을 보이고 싶지 않아 소녀를 그냥 지나쳐 버리게 했지만 마음속으론 조금은 후회스러웠던 것이다. 그러나 그런 안타까움도 잠시였다. 이네사가 제대로 걷지 못하는 것을 곧 느낄 수 있었기 때문에.

"이네사, 어깨를 꽉 잡아. 그래도 정 걷기 힘들면……아냐, 당장 내 등에 업혀."

이반은 말을 끝내기가 무섭게 이네사를 등에 업었다.

이반은 바람과 개울의 소곤거림을 들으며 한 걸음 한 걸음 앞으로 발을 내디뎠다. 이네사는 등에 업힌 채 오빠의 귀에 입을 가까이 대고서 방향을 가르쳐 주었고, 타냐는 아들의 오른팔을 꼭 잡은 채 따라가고 있었다. 만약 이런 세 사람의 모습을 안드레이가 보았다면 대체 무슨 일이냐고 물었을 것이다. 하지만 전후 사정을 듣게 된다면 "과연 내 아들답다!"라며 호탕한 목소리로 말했을 것이다. 그리고 그렇게 말할 수 있는 아빠의 자격을 갖추기 위해 안드레이는 죽음의 불구덩이 속으로 뛰어들어갔던 것이다.

마침내 세 사람이 신체검사를 받아야 할 차례가 왔다. 어둠이 깔리고 있는 벌판에서 수많은 피난민이 검진을 받고 명부에 자기 이름을 기재하고 있었다. 타냐가 보기에 그것은 신체검사가 아니라 단순히 당국의 필요에 따른 명부 작성이었다. 물론 몸의 상태가 어떤가를 조사하고는 있지만, 그것은 마치 치료를 위해서가 아니라 사람들을 분류하기 위해서일 것만 같은……. 그렇다. 그들은 피난민들을 격리시키려 하고 있는 것이다. 그런 엄마의 긴장이 이반의 팔에도 전해져 왔다.

"타냐 세로프?"

검사관이 타냐가 이름을 써넣은 서류를 쳐다보고는 물었다. 그는 손 옆에 놓아둔 메모지를 읽어 보고는 타냐 쪽으로 고개를 돌렸다.

"남편 이름이 안드레이 세로프 씨 맞죠? 그리고 이 아이들이 이반과 이네사고. 이런, 따님의 상태가 안좋은 것 같군요."

"아뇨, 괜찮아요. 좀 피곤해서 그런 것 뿐이에요."

타냐와 이네사가 대답하기도 전에 이반이 먼저 큰소리로 대답했다. 이반은 말하면서 미소까지 지어 보였고, 더구나 시선을 등 뒤에 업혀 있는 이네사의 얼굴 쪽으로 돌림으로써 완전히 쾌활한 소년의 모습을 연출했다. 그러나 검사관은 이미 세로프 가족에 관해서 모종의 특별 지시를 받았던 터였다. 세 사람만 그 사실을 전혀 모르고 있었다.

"잠시 기다리십시오."

검사관은 자리에서 일어나 어디론가 가 버렸다.

순간, 타냐는 알 수 없는 두려움에 다리가 후들후들 떨려왔다. 남편의 이름까지 알고 있는 관리가 그녀에게 볼 일이 있다니…… 혹시 안드레이로부터 전해 온 말이 있는 걸까? 아니면 남편에게 무슨 일이 생긴 걸까?

잠시 후, 검사관은 조금 전 버스에 올라왔던 사관을 데리고 돌아왔다. 사관은 타냐의 얼굴을 잠시 바라다보더니 품속에서 서류를 꺼내 불안에 떨고 있는 타냐에게 건네주었다.

타냐는 이틀 사이에 심하게 거칠어진 손으로 천천히 서류를 받았다. 갑자기 서류를 읽어 나가던 타냐의 몸이 뻣뻣해지고 허리가 앞으로 수그러졌다. 찢어질 듯 입이 벌어졌지만 비명소리조차 새어나오지 않았다. 이반의 등에 업힌 이네사가 위에서 서류를 들여다보려 하자, 타냐는 홱 돌아서며 무서운 표정으로 딸을 쏘아보았다. 그것은 모든 희망을 빼앗긴 여인의 얼굴이었다. 타냐는 서류를 가슴에 품고 이반의 손을 잡았다. 그리곤 뒤도 돌아보지 않고 걷기 시작했다. 이반과 이네사는 아직 검사를 받지 않았지만 검사관은 그들이 걸어가는 것을 말없이 지켜보고 있었다.

검사를 끝마친 사람들이 돌아온 곳엔 처음 보는 사람

들이 잔뜩 앉아 있었다. 이들은 프리프야트 주민들이 아니라 이 일대에서 도망치다 체포되어 무리에 합류된 사람들이었다. 이 사람들의 입을 통해 프리프야트 주민들은 처음으로 사태가 어떻게 돌아가고 있는지를 알게 되었다.

애초에 검사를 받던 사람들은 '상태가 좋지 않아 전문의의 검진을 받지 않으면 안 된다'라는 이유로 자식과 부모가 격리될 때 오히려 안도감을 느꼈었다. 한시라도 빨리 의사에게 치료를 받게 해달라고 애원하고 싶은 심정이었기 때문이었다. 실제로 이때까지 수많은 사람이 기이한 증세로 고통을 받고 있었다. 옷에 피가 스며 나오는 사람들은 하복부가 참을 수 없을 정도로 아프다며 호소했다. 이들은 장腸에서 출혈이 계속되어 대부분 검사 도중 바닥에 쓰러지기도 했다. 그러니 중환자들은 검사관들을 보고 얼마나 커다란 희망을 마음에 품었을까. 그러나 알고 보니 이 검사는 피난민들과 큰 충돌 없이 중환자들을 격리시키려는 당국의 속임수에 불과했던 것이다.

프리프야트 주민들은 이런 내막을 이곳에서 합류한 사람들의 이야기를 통해 비로소 알게 되었다. 사람들은 감시병의 눈을 피해 자신들이 보고 들은 일을 서로 이야기하고 있었다. 여기까지 오는 도중 농민들의 무리를 보았던 것 외에 무엇 하나 사태를 알 수 있는 기회가 제대로 없었던 프리프야트 주민들은 이제 그들의 이야기를 통해 상상을 초월하는 일들이 주변에서 계속 일어나고 있음을 똑똑히 깨닫게 되었다.

그들의 증언에 따르면, 현재 드네프르 강에는 동물의 사체가 넘쳐 흐르고 인간의 시체까지 떠내려오고 있다고 했다. 그 이야기를 듣고 난 프리프야트 주민들의 가슴엔 공포가 엄습했다. 프리프야트 주민들은 폭발 현장을 자신들의 두 눈으로 똑똑히 목격했고 상당량의 재가 분출되었다는 사실도 잘 알고 있었다. 그런데도 그들은 검문소에 도착하기 전까지 사태를 낙관적으로 보려 애썼던 것이다. 하지만 이제 그들의 터무니없는 희망은 순식간에 사라져 버렸다.

이반이 폭발 순간을 목격한 이래 벌써 이틀이란 시간이 흘렀다. 그 이틀 동안, 사고가 발생했다는 것도 전혀 모르고 있던 인근 마을 주민들은 프리프야트 주민들보다도 더 위험한 상태에 방치되어 있었다. 그리고 죽어가는 사람이 속출하기 시작했는데, 사망자들은 죄수들이 모두 매장했다고 한다. 사정이 이러하니, 다음번엔 틀림없이 자신이 매장당하리라는 불길한 생각이 이야기를 듣고 있는 사람들의 머리를 스친 것도 지극히 당연한 일이었다.

"엄마, 가요. 부탁이에요. 이런 꼴로 앉아 있는 것은 더 이상 참을 수가 없어요."

이반은 엄마의 팔을 세차게 흔들며 동생을 등에 업고 일어섰다.

타냐는 이를 악물고 참으려 해도 멈추지 않는 눈물 때문에 이반의 모습을 제대로 볼 수 없었다. 눈물 속에 떠오르는 것은 단지 늠름했던 남편의 웃는 모습뿐이었다. 멀리 남편의 생생한 목소리가 들려오는 것 같았다. 갑자기 이미 십 년이나 지난 먼 옛날의 행복했던 시절이 타냐의 눈앞에 펼쳐졌다. 미래의 운명에 대한 아무런 걱정도 없이 개울가에서 온 가족이 행복하게 보내던 화창했던 날의 추억…… 그렇게 머릿속에 지난 추억들이 하나둘씩 들어서면 들어설수록 오히려 검문소의 광경은 환상처럼 보였다.

이반은 몇 걸음 채 걷기도 전에 무언가 물컹한 물체를 밟곤 움찔했다. 타냐는 그것이 죽은 새라고 이반에게 말해주고 나서 두 손으로 살며시 들어 길 옆에 놓았다. 이네사는 엄마가 주머니에서 꺼낸 십자가를 새의 가슴 위에 놓는 것을 보았다. 그 행동에는 마치 사람을 장사지낼 때와 같은 경건함이 깃들어 있었다.

그때까지 타냐는 사람들이 모여 있는 곳에서 좀 떨어져 있었기 때문에 사람들이 수군대는 것을 미처 듣지 못하고 있었다. 타냐, 이반 그리고 이네사는 사람들의 대화에 신경 쓰지 않고 걸어갔다. 그런데 이상하게도 자신들이 지나가는 곳마다 사람들이 하던 이야기를 멈추고 긴장하는 눈빛이 역력했다. 그제서야 이반은 걸음을 멈추고 귀에 온 신경을 집중하기 시작했다. 물론 타냐도, 이네사도.

세 사람은 사람들의 말 속에서 '죽은 사람'이라는 표현이 여러 차례 사용되고 있는 것을 똑똑히 들었다. 타냐는 사람들이 무슨 이야기를 하고 있는지 알아차렸다. 땅거미가 깔리고 있는 벌판에 가득한 소곤대는 소리가 자신들을 포위하고 있다는 환상 속에서, 비로소 그녀는 아들의 실명이 갖는 의미를 새삼 깨닫곤 정신이 가물가물 흐려지는 것을 느꼈다.

그러나 모성이라는 이름의 본능 탓인가. 그녀는 곧 정신을 가다듬고서 이 상황을 좀더 자세히 알아보리라 마음 먹었다. 타냐는 아이들에게 그 자리에서 기다리고 있으라고 말한 다음 빠른 걸음으로 주변을 돌아다녔다. 그러고 나서 사람들의 이야기에 귀를 기울인 다음 눈치 보지 않고 꼬치꼬치 캐물었다. 특히 '실명한 후엔 어떻게 되는가?' 사실 타냐가 알고 싶었던 것은 오직 그 하나였다. 그러나 아쉽게도 아무도 확실한 답을 알지 못했다.

맥이 빠진 타냐가 총총걸음으로 아이들이 기다리고 있는 곳으로 돌아오려 할 때, 확성기에서 경직된 목소리가 흘러나왔다.

"전원, 조용히 하십시오! 지금부터 중요한 지시를 전달하겠습니다. 우선 빵과 우유, 그리고 물을 배급하겠습니다."

일순간 정적이 흐르는가 싶더니 곧 여기저기서 사람들이 웅성거리기 시작했다. '배급받은 것들은 먹어도 괜찮은가', '대체 어디에서 가져온 것들일까', '틀림없이 뭔가 이상이 있을 것이다' 등의 말들이 연이어 터져 나왔다. 어느샌가 사람들은 당국의 말을 더 이상 신뢰하지 않고 있었던 것이다. 심지어 어떤 이들은 이 역시도 함정일지 모른다는 생각마저 들었다. 그때, 딱딱한 목소리가 다시 확성기에서 흘러나왔다.

"전원, 앞으로 걸어 나오십시오. 어른들은 오른쪽으로, 아이들은 왼쪽으로 떨어져서 걸어 나오길 바랍니다. 지금부터 어른과 아이는 따로 행동할테니 진행이 순조롭도록 다들 협조해주시길 바랍니다."

이 말이 무엇을 의미하는 것인지 사람들은 단번에 알아차렸다. 지금까지 어렴풋이 느껴졌던 두려움이 마침내 사람들의 눈앞에 확실하게 모습을 드러낸 것이다. 자식들과 떨어지게 된 것이다!

타냐는 이반과 이네사를 향해 급히 달려갔다. 아이들을 보자마자, 그녀는 놓칠세라 두 아이의 몸을 더듬었다.

그리고는 낚아채듯 이네사를 껴안고 온몸에 뺨을 비벼댔다. 발전소로 떠나던 안드레이와의 마지막 헤어짐의 아픔이 또다시 타냐에게 밀려왔다. 잠시 후, 빵과 우유와 물이 지급되어 타냐의 손에, 또 아이들의 손에 쥐어졌다. 타냐는 지급받은 전부를 이네사에게 주려고 했지만, 이네사는 결코 받질 않았다.

아무도 말을 꺼내지 않았다. 행렬의 속도도 지지부진했다. 누구도 앞으로 나아갈 기미를 보이지 않았기 때문이다. 타냐는 슬며시 이반의 팔을 잡았다. 그것은 엄마가 아들에게 할 수 있는 마지막 애정 표현이었다. 타냐는 아들의 팔을 꽉 잡고 곁에서 떨어지려 하지 않았다. 이때 이반의 눈에서 눈물방울이 떨어지기 시작했다. 소년은 눈앞이 캄캄한 가운데 뺨을 타고 흘러내리는 뜨거운 눈물방울을 느끼며 자신이 울고 있음을 깨달았다.

이윽고 세 사람 앞에 어른과 아이를 강제로 두 대열로 떼어놓는 군인이 나타났다. 타냐는 필사적으로 몸부림치며 아이들을 붙들었다. 그러나 아무 소용이 없었다. 군인은 무자비하게 총 개머리판으로 타냐와 아이들의 팔을 내려치고는 이반과 이네사를 끌고 가 버렸다.

이반의 등에 업힌 이네사의 작은 손이 마치 엄마의 몸을 어루만지듯 허공을 휘저었다. 군인의 총 개머리판으로 팔을 세게 얻어맞은 타냐는 그 아픔에 어깨까지 저렸지만, 팔의 아픔은 참으면 그만이었다. 그러나 눈앞에서 멀어져 가고 있는 이네사의 모습은 그녀에게 영원한 아픔으로 남았다.

　오른쪽에 어른들, 왼쪽에 아이들로 나누어진 피난민 대열엔 가족의 얼굴을 애타게 찾는 사람들의 울부짖음이 여기저기서 가득했다. 그것은 마치 무덤으로 향하는 상여 행렬 같았다. 이미 어둠이 깔리기 시작한 검문소 일대에는 나무들이 기다란 그림자를 짙게 드리우고 있었다.

　대체 아이들의 운명은 어찌될 것인가? 적어도 그 물음에 답할 수 있는 사람은 지금 여기엔 없었다.

병동

 막 잠에서 깬 이네사는 거칠게 숨을 내쉬며 주위를 둘러보았다.
 땀을 많이 흘렸는지 침대가 축축했다. 창가에는 침침한 달빛이 비쳐들고 있었다. 희미하게 윤곽을 드러내고 있는 옆 침대에는 조금 전까지 누워 있던 스베트로와의 모습이 보이질 않았다.
 "어디 갔지?"
 이네사는 고열로 혼수상태에 빠져 있던 스베트로와를 떠올리며 텅 빈 침대를 바라보았다. 침대 위에 단정하게 개어져 있는 담요가 눈에 들어왔다.
 '스베트로와는 영영 돌아오지 않을 모양인가봐.'

순간 이네사의 눈앞에 조금 전의 광경이 떠올랐다. 양쪽 콧구멍에 유리관을 꽂은 채, 스베트로와는 금방 숨이 넘어갈 듯 머리를 흔들어 대고 있었다. 눈은 거의 감겨 있었고, 반쯤 열린 입으로는 힘들게 숨을 들이쉬고 있었다. 엄마 타냐와 나이가 비슷해 보이는 간호사가 스베트로와의 혈압을 재어보고선 급히 의사에게로 달려갔다.

지독한 열이 스베트로와의 전신을 활활 태우고 있었다. 스베트로와는 무의식중에 뜻대로 움직이지 않는 손으로 옷소매를 걷어올리며 "엄마…… 엄마……" 되풀이하여 불러댔다. 걷어올린 잠옷 밑으로 드러난 가느다란 팔에는 군데군데 딸기처럼 붉은 반점이 부풀어 올라 있었다. 한순간 심한 고통이 몰려왔는지, 갑자기 스베트로와는 격렬히 바둥거리기 시작했다. 그러다 허공을 휘젓던 손이 그만 코에 꽂혀 있던 산소 호흡관을 빼 버렸다. 그때부터는 알아듣지 못할 헛소리를 쉴 새 없이 지껄여댔는데, 그 뒤론 어떻게 되었는지 이네사도 알지 못했다. 자기도 모르게 깊은 잠에 빠져들었기 때문이었다.

이네사는 스베트로와의 일을 생각하다 문득 입 안에 이상야릇한 맛이 도는 것을 느꼈다. 손가락을 입 안에 넣었다가 꺼내 보니 피가 침에 섞여 묻어 나왔다. 겁이 난 이네사는 무심결에 속으로 오빠의 이름을 불렀다. 그러고선 잠시 망설이다 한쪽 소매를 걷어올리고 자신의 팔을 살펴보았다. 팔뚝 한군데에 붉은 응어리가 커다랗게 부풀어 있는 것이 보였다. 그곳에 가만히 손을 대었더니 너무 아팠다.

'이게 뭘까?'

이네사는 걱정이 되었다.

'어쩌면 엄마와 떨어질 때 총으로 얻어맞은 자국인지도 몰라.'

그러나 다른쪽 소매를 걷어올린 이네사는 거기에 스베트로와의 팔에 자리 잡고 있던 것과 똑같이 생긴 붉은 반점 여러 개를 발견했다. 아주 빨갛지는 않았지만, 창백하다 못해 투명해져 버린 팔뚝 위에 부풀어 오른 반점은 희미한 달빛 아래서도 뚜렷이 알아볼 수 있었다.

어느덧 이네사가 엄마 타냐와 헤어진 지도 벌써 일주일이 지났다.

이네사가 누워 있는 병실은 꽤 큰 편에 속했으며, 비슷한 증상을 보이는 아이들이 스무 명 정도 함께 수용되어 있었다. 아이들은 세상과 완전히 격리되어 여기가 도대체 어디인지도 모르는 상태였다. 단지 아이들이 알고 있는 것은, 검문소에서 부모와 강제로 헤어진 후 꼬박 하루가 걸린 긴 여행 끝에 이곳 병원에 도착했다는 사실이었다. 그 여행은 밤에 출발하여 밤에 도착하는 올빼미 식의 여행이었는데, 이런 방식의 이동이 계획적으로 이루어졌다는 것은 아이들도 알고 있었다.

아이들을 태우고 하루 종일 버스가 달린 길은 안내 표지판 하나 눈에 띄지 않는 황량한 벌판이었다. 도중에 상태가 너무 심해진 아이들이 생기자, 군인들은 몇몇 아이들을 바꿔 태웠다. 정상적인 아이들은 하나도 없었다. 특히 탈모와 쇠약증세가 심한 아이들은 몇 대의 버스에 합쳐졌고, 가벼운 출혈 증세를 보이던 아이들도 따로 합쳐졌다. 이런 식의 분류 때문에 마침내 아이들은 형제자매간에도 떨어지게 되었고, 이반과 이네사도 이때 헤어졌다. 이반이 실명했다는 사실은 군인들에게 금세 발각되고 말았던 것이다.

현재 이네사가 수용되어 있는 곳은 증세가 아주 심한 아이들을 모아 놓은 특별 병동이었다. 이곳에 수용된 아이들은 처음 며칠 동안은 증세가 그다지 나빠지지 않았었다. 나흘이 지나는 동안엔 오히려 꽤 양호한 상태로 회복하는 것 같았다. 그러나 그것은 일시적인 잠복기에 불과했다. 닷새째 되는 날부터 아이들의 증상은 악화되기 시작했다. 목에 염증이 생기고, 심한 열로 의식을 잃고 쓰러지는 아이들도 하나둘씩 나타났다. 그 후 이네사가 잠든 사이 어제는 두 아이가 병실에서 사라졌고, 마침내 오늘 스베트로와가 세 번째 '사라진 아이'가 되었다.

아이들은 도대체 어디로 보내졌단 말인가? 사람이 매장되고 있는 묘지의 광경을 상상하던 이네사는 일순간 묻히고 있는 시체가 자신이라는 환상에 빠져들었다. 두 번 다시 이 세상으로 돌아올 수 없는 어두운 땅 속에 자신이 매장되고 있다고 느꼈던 것이다. 그리고 소녀는 낯익은 한 사람도 보았다. 거기엔 아빠마저 묻히고 있었다.

병실에 들어선 사람은 조금 전의 그 간호사였다.
작은 손전등을 손에 든 간호사는 아이들이 잠에서 깨지 않도록 발걸음을 조심하며 익숙한 솜씨로 한 아이씩 상태를 점검하기 시작했다. 간호사 류다 소콜로프는 아이들의 숨소리만 듣고도 상태가 어떤지를 알아낼 수 있었다. 그녀는 아이들의 입가에 귀를 갖다 대기가 바쁘게 다음 침대로 이동해 갔다
이네사는 간호사가 아이들의 모습을 점검하는 모습을 지켜보고 있었다. 한 아이의 침대 앞에서 류다는 골똘히 생각하는 모습으로 서 있었다. 가슴이 터질 듯이 쿵쿵 뛰었지만, 이네사는 숨을 죽이고 그 광경을 지켜보았다. 간호사가 멈춰 선 곳은 열세 살 난 소년 드미트리의 침대 앞이었다. 그 아이는 이네사와 마찬가지로 심하게 땀을 흘리고 있었는데, 숨결이 거칠었고 하루 종일 혼수상태에 빠져 있었다. 소년은 대량의 수혈을 받았는데도 불구하

고 전혀 나아질 기미가 보이지 않았다.

사실, 현재로서는 아이들을 치료할 방법은 전혀 없었다. 간호사인 류다 역시 그 사실을 잘 알고 있었다. 하지만 그녀는 의사가 지시한 대로 혈압을 재고, 혈구 수를 검사하고, 체온을 측정하고, 수혈을 시켜야만 했다. 게다가 그녀는 아이들을 가장 고통스럽게 만드는 약물 투여까지도 묵묵히 수행할 수밖에 없었다. 차라리 충분한 양의 마취제를 주사하여 조금이라도 아이들의 고통을 덜어주고 싶은 마음도 없었던 것은 아니었다. 그러나 이 병실에서는 그것을 극도로 피하는 치료법이 행해지고 있었으니 어쩔 도리가 없었다.

병원에서 환자를 취급할 땐 대개 두 가지 목적이 있다. 하나는 의료의 근본인 환자 치료, 또 하나는 환자를 이용하여 의학 연구를 하는 것이다. 그런데 류다가 아이들에게 약을 복용시키고 있는 것은 전자라기보다는 차라리 후자의 경우에 가까웠다. 그녀는 아이들이 깨어 있는 동안의 검진 시간에는 한 아이씩 매일 검사 항목을 체크해 나갔지만, 이렇듯 한밤중의 점검 시간에는 위험한 상태인 아이를 찾아내는 데에만 신경을 집중하고 있었다. 어쨌든 오랫동안 간호사 생활을 해온 류다였지만, 이번처럼 많은 중환자의 생명을, 그것도 아직 어린 생명을 한꺼번에 처리하긴 처음이었다.

'아이들은 어디로 보내졌을까?'

이네사가 의심을 품고 있던 '사라진 아이들'은 실로 류다의 손에 의해 처리되고 있었다. 류다는 죽은 아이들을 병실 밖으로 안고 나올 때마다 팔에 와 닿는 아이들의 몸에 아직 미약한 온기가 남아 있음을 느끼곤 했다. 환자들 앞에서는 절대 감정을 나타내지 말도록 엄격한 주의를 받고 있었지만, 류다는 아이들을 볼 때마다 너무나 애처로운 마음이 들어 자신을 억제하기가 힘들었다. 아이들은 부모도 없는 곳에서 아무도 지켜봐 주지 않는 가운데 숨을 거두고 있는 것이었다. 이 얼마나 잔인한 죽음인가! 아무도 이 아이들의 죽음을 모르다니.

류다는 시체가 어디로 운반되는지 그 행선지에 대해서는 전혀 알 수 없었다. 이네사가 누워 있는 병실에서만 벌써 다섯 명의 아이가 사망했으니, 병동 전체에서는 상당수의 시체가 처분되었을 것이다. 그러나 아이들의 시체는 군인들이 전부 관장하고 있었다. 그러니 아예 질문은 허용되지 않았을 뿐만 아니라, 아이들의 마지막 유언을 전해 줄 부모의 이름조차 알아낼 수 없었다. 간호사들은 그저 시체 처리실까지 죽은 아이들을 계속 운반할 뿐이었다. 이것이 류다가 바로 어제부터 시작한 끝없는 '작업'이었다. 이미 병원 전체엔 공포의 기운이 뒤덮여 있었다.

드미트리는 얼굴을 일그러뜨린 채 고통스러워하며 몸을 배배 꼬고 있었다. 류다는 이 아이 역시 곧 죽을 것이라는 예감이 들었다. 의사들은 처음 한 아이가 죽었을 때만 해도 단순히 사고겠거니 싶었지만, 하나둘 죽어가는 아이의 수가 늘어나자 다들 긴장하기 시작했다. 이것은 결코 단순한 사고가 아니었던 것이다.

사태를 직감한 의사들의 지시는 곧바로 간호사들에게 떨어졌다. 원장 시몬 와시첸코는 간호사들에게 병원에서 벌어지는 일들에 대해 가족을 포함한 어느 누구에게도 절대 말하지 말라고 지시했다. 특히 사망자 수는 그 누구도 통계를 내려서는 안 된다고 엄명을 내렸다. 그 때문에 류다는 다른 간호사들과도 현재 담당하고 있는 업무에 관한 이야기를 나눌 수 없었다. 단지 그녀가 알고 있는 것은 자신이 운반한 시체의 수 뿐이었다.

얼마 전, 그녀는 우연히 창 밖을 내다보다 아이들의 시체 같은 것이 군용 트럭에 실리고 있는 것을 본 적이 있었다. 그러나 그때 의사한테서 심하게 문책을 받고 나서부터는 더 이상 이 일에 관심을 두지 않기로 마음먹었다. 하지만 기억하지 않으려 해도, 류다는 자신이 임종을 지켜보고 처리했던 슬픈 운명을 타고난 아이들의 수가 이틀 사이에 열 명을 넘어서고 있음을 알고 있었다. 그녀는 자신이 처리한 시체의 수를 마음속으로 헤아려 보았다.

드미트리는 열세번째였다.

이네사는 간호사 류다가 드미트리의 이마에 손을 대었다가 급히 떼는 모습을 지켜보고 있었다. 그런데 갑자기 간호사가 무서운 것이라도 본 듯한 표정으로 입을 가렸다. 류다는 드미트리의 얼굴을 손전등으로 비춰보다 코에서 흘러나오고 있는 새빨간 피에 놀라 무심결에 자신의 입을 틀어막은 것이다. 물론 누워 있는 이네사에겐 그 피가 보이지 않았다. 류다는 드미트리의 손을 잡고 맥을 짚어본 다음, 가만히 아이의 손을 내려놓고 가슴에 십자가를 긋고 머리를 숙였다. 그리고는 어깨를 들썩이며 작은 소리로 기도를 시작했다. 일이 어떻게 돌아가고 있는지 알아챈 이네사는 간호사가 눈치채지 않도록 담요 속으로 깊이 얼굴을 묻고 그 모습을 계속 훔쳐보았다.

잠시 후, 기도를 마치고 몸을 일으킨 류다는 눈물을 애써 참으며 병실 안에 자고 있는 아이들을 찬찬히 둘러보았다. 그러나 담요를 걷고서 드미트리의 등 아래로 양손을 집어넣었을 때, 그녀는 더 이상 참지 못하고 오열을 터뜨렸다. 그 광경을 숨죽여 지켜보던 이네사의 뺨에도 두 줄기의 눈물이 소리 없이 흘러내렸다.

병실에 수감된 어린 환자들은 감독관이 병실 한쪽 끝에 앉아 감시하고 있기 때문에 하루종일 서로 말도 거의 주고받지 못하지만, 이네사는 딱 한 번 드미트리와 미소로 인사를 나눈 적이 있었다. 바로 이틀 전에 무심코 고개를 돌리다가 둘의 시선이 우연히 마주쳤던 것이다. 이네사는 드미트리의 얼굴을 빤히 쳐다봤다. 드미트리가 먼저 미소를 지어 보였고, 이네사도 미소로 답했다. 둘은 아무도 모르게 입모양으로 자기 이름을 알려 주고 서로의 이름을 기억에 새겼다. 그것이 우정의 시작이며 또한 이별의 시작이었다. 드미트리는 그 뒤부터 두번 다시 의식을 회복하지 못했던 것이다. 그나마 간호사 류다가 드미트리 앞에 멈춰선 이 한밤중, 이네사는 다행히 눈이 떠 있었기 때문에 그 아이의 마지막만은 지켜봐 줄 수 있었다. 드미트리의 몸을 들어 안은 간호사는 이네사의 침대 앞을 지나 천천히 멀어져 갔다. 복도 끝으로 사라져 가는 발자국 소리만 희미하게 들려오고 있었다.

아빠 안드레이가 가고, 엄마 타냐가 가고, 오빠 이반이 가고, 잠시 행복한 마음을 함께 나눴던 드미트리도 가 버렸다. 이네사는 가슴이 뻥 뚫린 기분이었다. 오빠와 헤어질 때는, 강제로 헤어져야 하는 것에 대한 분노와 완전히 혼자 버려졌다는 공포감이 이네사를 덮쳐왔었다. 그런데 지금은 자신이 살아 있다는 사실이 허무하고, 사람에 대한 애착도 점점 사라지는 기분이었다. 모든 희망이 사라지는 듯했다.

'어쩌면 지금부터 내 인생에 좋은 일은 없을 거야. 그러니 뭔가를 기대하기보단 앞으로 어떡해야 할지 냉정하게 고민하는 게 나을지도 몰라. 어떤 감정에도 흔들리지 말아야지. 아니, 이젠 어떤 감정도 생기지 않을 테니 지금보다 더 힘든 일이 닥쳐도 괜찮아. 아무튼 오빠를 찾아야 해. 엄마도 살아 있을 거야. 그런데 어디에 있는 줄 알고 내가 찾지? 아냐. 일단은 여기서 빨리 빠져나가야 해.'

그러나 이네사는 병원 밖으로 도망치려는 결심을 실행에 옮길 수 없었다. 침대에서 일어나려 해도 몸이 전혀 말을 듣지 않았다. 무릎에 힘이 하나도 없었고, 팔도 위로 올릴 수 없었다. 이 몸으로 어떻게 오빠를 찾아 나선단 말인가?

'아, 하느님. 지금 오빠는 눈도 안 보여서 정말 고생하고 있을 거예요. 어쩌면 다른 사람보다 더 가혹한 대우를 받고 있을지도 몰라요. 아무도 도와주지 않을 거예요. 누군가 틀림없이 오빠가 죽기를 바라고 있을 거예요. 하지만 오빠, 그런 사람한테 절대 기죽지 말고 보란듯이 웃어 줘. 오빠의 슬픈 마음을 절대 보여 주지 말아. 오빠 미안해. 엄마한테 오빠를 내가 책임지겠다고 약속했는데…… 아! 그런데 이렇게 떨어져 버렸으니 아무것도 도와줄 수가 없잖아…….'

이네사의 입 밖으로 '용서해줘'라는 말이 튀어나오려던 그때, 간호사 류다가 다시 병실로 들어왔다. 그녀는 어느새 안정을 되찾은 모습이었고, 곧바로 드미트리가 누웠던 침대로 걸어가더니 손에 들고 온 새 시트를 깔았다. 그리고 으레 하던대로 담요를 단정히 접어 침대 위에 올려놓았다.

류다는 다시 아이들을 점검하기 시작했다. 그녀는 아까보다 더 신중하게 아이들의 상태를 살펴 나갔다. 이번엔 직업상으로 아이들을 대하기보다는 좀더 애정어린 마음으로 찬찬히 잠들어 있는 아이들의 얼굴을 들여다보고 싶었던 것이다. 여러 침대를 오가며 아이들의 상태를 기록해 가던 류다는 마침내 자신을 주의 깊게 지켜보고 있던 한 소녀와 눈이 마주쳤다. 심장이 얼어붙는 듯했다.

"드미트리는?"

작은 소리로 이네사가 말을 걸자, 류다는 집게손가락으로 급히 소녀의 입술을 눌렀다.

짧은 순간, 두 사람은 서로 마주보았다. 이네사는 자신의 이마 위에 오른손을 올려놓는 간호사의 표정이 긴장되어 있음을 알 수 있었다. 이네사는 감정을 드러내지 않고 손짓으로 종이와 펜을 요구했다. 류다는 잠시 머뭇거리다 주머니에서 종이와 펜을 꺼냈다. 그리고는 일단 주위를 한번 살펴보고 난 뒤, 이네사의 손에 그것을 쥐여 주었다.

드미트리는 죽은 거죠?

부탁이 있어요. 제 오빠를 찾아 주세요. 오빠는 지금 눈먼 상태고, 이름은 이반 세로프예요. 누군가 도와주지 않으면 오빠는 살아갈 수 없어요. 제발 부탁이에요.

류다는 종이에 손전등을 비춰 글을 읽었다.

'이 아이는 고열로 괴로워하고 있으면서도 도대체 어떻게 사고력을 잃지 않고 있을까? 내가 드미트리의 임종을 지켜볼 때 이 아이는 전부 훔쳐보고 있었어. 그런데 이 몸으로 오빠를 구하러 갈 작정인가? 그래, 얼굴에 그렇게 써 있어.'

이네사의 애절한 표정에 류다는 가슴이 먹먹해졌다.

"쉬도록 해요."

그녀는 자신의 딸에게 하듯 이네사의 이마에 가볍게 입을 맞추고 나서 다정하게 속삭였다.

"가능한 알아볼게요. 하지만 약속은 할 수 없어요. 아무래도 정말 어려운 일일 테니까. 어느곳에서든지 여러분의 일은 비밀로 되어 있어요. 그러나 있는 힘껏 해보죠. 이반의 여동생님."

류다가 종이 위에 손전등을 비추며 고개를 끄덕여 보이자, 이네사의 마음은 한결 밝아졌다.

다음날 아침, 다른 아이들이 눈뜬 시간인데도 이네사

는 계속 깊은 잠에 빠져 있었다. 의사들은 자고 있는 환자에 대해서는 굳이 손을 대려고 하지 않았다. 그만큼 아이들의 상태는 급격히 악화되고 있었으며, 결국 이네사를 자게 내버려 둔 것은 이미 의사들이 치료를 포기했다는 것을 의미했다. 그랬다. 지금으로선 그 어떤 치료도 아이들을 살릴 수는 없었다.

우크라이나 전역에 계속 번져 나가고 있던 소문이 이 병원에 전해져 온 것은 사흘 전의 일이었다. 의사들은 처음엔 원자력 발전소 폭발 사고가 있었다는 보도를 전해 듣긴 했어도 대단한 사고가 아니라는 공식 발표가 곧바로 있었기 때문에 대수롭지 않게 생각했었다. 그러나 그 뒤로 들려온 소문에 따르면 일대는 완전히 공포의 도가니라는 것이었다. 하긴 이 병원에 수용된 아이들만 살펴보더라도 사태를 대충이나마 짐작할 수 있었다. 일주일 지난 후의 아이들 상태가 이 정도라면, 이주일 후엔 어떻게 될 것인가는 뻔한 일이었다. 오늘도 벌써 오전 중에만 일곱 명의 아이가 죽었다. 대체 오늘 하루 동안에 몇 명의 아이들이 시체 처리실로 보내질 것인가. 의사들은 눈앞에서 벌어지고 있는 이 모든 상황이 도무지 믿기질 않았다.

이윽고 이네사가 잠에서 깨어났다. 소녀는 눈을 뜨자마자 빈 침대의 갯수를 헤아렸다. 병실 안을 얼핏 둘러보기만 해도 빈 침대 수가 늘어났다는 것을 금방 알아차릴 수 있었다. 사실상, 의사나 간호사보다 아이들의 공포심이 백 배는 더 컸다. 이 병원으로 오기 전에 어떤 아이는 동물의 시체를 밟았고, 어떤 아이는 눈앞에서 부모가 피를 토하는 모습을 보았다. 또 농민들이 강제로 피난하는 모습도 보았고, 검문소에서는 잔인하게도 부모와 생이별을 해야 했다. 그리고 이렇듯 한꺼번에 끔찍한 일들을 겪게 된 아이들은, 이젠 마지막으로 감옥 같은 병원 안에서 시시각각 다가오는 죽음을 기다리고 있었다.

일분 일초가 지날 때마다 아이들의 몸엔 잠복기를 끝낸 방사능 급성 증상이 뚜렷이 나타나고 있었다. 의사들이 아이들 간에 대화를 금지한 것도, 따지고 보면 혹시나 아이들이 서로의 증상에 대하여 알게 되어 공포에 빠지는 것을 막기 위한 일종의 배려였다. 하지만 피부 조직이 갑자기 늘어지면서 한 움큼 빠져 버린 머리카락을 손에 집어든 이네사는 구태여 다른 아이들의 이야기를 듣지 않아도 충분히 자신의 상태를 알 수 있었다. 이미 소녀의 몸은 모든 것을 말해 주고 있었기 때문이다.

한편, 아이들 모두는 백혈구의 수도 눈에 띄게 감소하고 있었다. 조혈 조직에 치명적인 결함이 생긴 아이는 창백해졌고, 면역 작용도 그 기능을 잃어버렸다. 이미 몇몇 아이는 말기적인 발열 증세를 나타내고 있었다. 이네사도 오한 때문에 몸이 떨리며 눈앞이 뱅글뱅글 도는 것을 느낄 수 있었다.

'오빠가 있는 곳으로 가야 해요. 아빠, 오빠는 어디 있죠? 아빠는 하늘나라에서 전부 보고 있으니 알잖아요. 그러고 보니 아빠한테 작별 인사도 못했네요. 하지만 이제 곧 아빠한테 갈게요. 조금만 기다려요, 아빠. 오빠를 찾아서 구해낸 다음에…… 그때…….'

그 순간, 소녀는 갑자기 눈앞이 아득해져 오는 것을 느꼈다.

수색

  이네사는 탈진 상태가 되어 온몸에 힘이 하나도 없으면서도 죽을 힘을 다해 일어나려 애썼다.
  이네사의 입에서 쥐어짜는 듯한 신음 소리가 흘러나와 병실 안에 울려 퍼졌다. 그러나 아무리 힘을 주어도 일어날 수가 없었다. 저만치 떨어져 있는 감독관은 베개에 머리를 파묻고 있는 이네사를 보고 있으면서도 상태가 어떤지 가까이 다가와 살펴보지 않았다. 병실 안에는 이네사와 마찬가지로 생명의 불꽃이 꺼져 가고 있는 아이들만이 누워 있었다. 아이들은 저마다 아직 죽고 싶지 않다고 기도했지만, 피할 수 없는 죽음의 그림자가 이미 자신의 몸 위에 드리웠음을 느끼고 있었다.

점심 식사 시간이 되었지만, 아이들은 아무것도 먹지 못했다. 숨도 어깨를 들썩이며 겨우 쉬고만 있었고, 어쩌다 아빠와 엄마의 이름을 몇 번 되풀이해 불러볼 뿐 대부분의 아이들은 계속 혼수상태에 빠져 있었다. 어쩌면 부모들 역시 아이들과 검문소에서 헤어진 뒤로 구원을 요청하는 자식의 애절한 목소리가 귀에서 쟁쟁 울렸을지도 모른다. 하지만 그들에겐 자기 아이가 수용된 병원을 알아낼 방법이 전혀 없었다. 그렇게 병실 안은 때때로 신음 소리가 들리는 것 빼고는 죽음의 침묵만이 가득했다.

이네사는 무섭게 느껴지는 정적 속에서 가벼운 발자국 소리를 들었다. 어젯밤 오빠를 찾아달라고 부탁했던 간호사 류다가 오후 검진을 위해 병실 안으로 들어왔다. 간호사는 아이들을 살피면서 이네사가 누워 있는 침대로 다가왔다. 이네사가 간신히 고개를 쳐들고 간호사와 눈을 맞췄다.

"제발 부탁이에요. 가까이 와주세요."

이네사의 목소리가 갈라져 나왔다.

류다는 멀리 병실 구석에 앉아 이쪽을 무섭게 쏘아 보고 있는 감독관을 의식하여 잠시 망설였다. 자신이 문책당하는 것이 두려웠다기보다는 오히려 이네사에게 피해가 갈까봐서였다. 류다는 체온을 재는 척하며 조심스럽게 이네사에게 다가갔다.

"많이 아프지?"

"네, 이제 다 끝난 것 같아요. 저, 곧 죽을지도 몰라요. 그래도 만약 오빠를 만나면 이네사는 건강하다고 말해 주세요. 절대 죽었다고 말하면 안 돼요, 약속해 주세요."

류다는 대답할 말을 찾지 못했다.

"왜 입 안에서 피가 나오죠?"

"몸이 약해져서 그래. 힘내서 참아야 해요. 병원에 있는 사람들은 모두 어딘가가 아파서 온 거니까. 누구나 그런 때가 있는 거예요. 괜한 걱정하지 말고 편히 쉬어요."

그녀로선 이 말밖에 할 말이 없었다.

그때, 이네사의 몸에 갑자기 경련이 찾아왔다. 뼈만 남은 것처럼 수척해져 눈이 쑥 들어가 버린 이네사가 목을 비틀면서 턱을 당기더니 순식간에 '왝!' 하고 입술 사이로 피를 토했다. 류다가 재빨리 소녀의 얼굴에 쏟아진 피를 닦아내며, 아이의 손을 꽉 잡았다. 그러나 이미 소녀는 숨을 거둔 후였다. 눈을 뜬 채 조용히…… 이네사는 하늘나라로 가 버린 것이다.

류다는 이네사의 시체를 안아 들고 병실을 빠져나왔다. 그리고 가슴 깊숙이에서 북받쳐 오르는 슬픔을 참아내며 묵묵히 계단을 내려갔다.

"정말 끔찍해, 이번 일은."

의사들이 수군거리는 소리가 계단 밑에서 들려왔다.

그녀는 발걸음을 멈추었다.

"전부 죽는단 말인가?"

"하늘이 돕지 않는 한."

"우리도 큰일이야. 아이들이 모두 죽을 때까지는 아무 일도 할 수 없잖아."

"우리 병원에는 증상이 심한 아이들만 있으니까, 두 달 정도면 다 끝나지 않을까?"

"이 사람아. 이번 사고 때문에 생긴 환자가 어디 아이들뿐인지 알아? 조금만 더 지켜봐. 아마 이번 일이 끝나려면 두어 해는 족히 걸릴 거야. 하지만 병원 입장에서 볼 때 일 년은 너무 길지. 두 달로 끝나 준다면야 우리한테는 다행이겠지만. 아무래도 원장은 이번 일을 빨리 끝내기 위해 형의 힘을 빌릴 모양이야. 그 형이 이번 사건을 관장하는 부서의 관리라고 그러니까. 원장은 중증환자를 모아 빨리 처리하려는 것 같더군. 하여간에 무서운 일이야."

"시체는 어디서 처분하지?"

"그건 모르는 게 좋을 거야. 사실 나도 잊어버렸어. 어느 관계자한테 듣긴 들었지만."

"어이, 프라비크. 기억해 내봐. 혹시 내가 자네 시체를 찾으러 갈지 아나?"

"예끼! 이 사람. 농담이라도 그런 소리는 하지 말게."

"하하! 화내지 말아. 알았네, 그만 하지. 하지만 자네야말로 당직일 때마다 꼭 기분 나쁘고 으스스한 소리만 골라서 하잖아."

류다는 발소리를 죽이고 계단을 올라가 크게 한 번 심호흡을 한 뒤, 이번엔 들리도록 크게 발소리를 내며 계단을 내려갔다. 류다의 팔에 안긴 이네사의 몸은 아직 따뜻했고, 깊은 눈동자는 금방이라도 자신에게 말을 걸어 올 것만 같았다.

'이 아이가 의사들의 말을 들었다면 뭐라고 했을까?'

류다는 의사들 곁을 지날 때에도 계속 이네사의 얼굴에만 시선을 두었다. 그리고 시체 처리실로 들어가 일부러 "탕!" 소리나게 문을 닫아 버렸다. 그 행동에는 '당신들은 의사로서의 자격이 눈곱만큼도 없다'는 항변의 뜻이 명백히 담겨 있었다.

유족도 하나 없는 어린 소녀의 가녀린 몸을 시체 처리대 위에 내려놓은 류다는 지금까지보다 훨씬 정성스럽게 이네사의 시체를 염습했다. 이미 이곳에선 의사의 사망 선언 따위는 필요 없었다. 그만큼 많은 아이들이 죽어가고 있었으므로. 이네사의 옆에도 천으로 얼굴이 가려진 다섯 살 정도 되어 보이는 아이가 몸이 굳은 채로 누워 있었다. 그때 다른 간호사가 들어왔다. 그녀는 아무 말도 없이 류다 앞에 두 팔을 내밀고는 이네사의 시체를 시체

처리대에서 빨리 치워달라는 몸짓을 했다. 그녀가 내민 팔에는 이네사보다 어린 일곱 살 정도 되어 보이는 사내아이가 안겨 있었다. 드문드문 남아 있는 머리카락, 얼굴 전체에 뒤덮여 부풀어 오른 검붉은 반점 무늬들, 그리고 목덜미에서부터 가슴까지 제 손으로 쥐어뜯어 생긴 듯한 수많은 손톱 자국이 그 아이의 고통스러운 최후를 그대로 전해 주고 있었다.

이네사의 시체는 류다의 손에 들려 다른 시체들 옆 여섯번째에 놓였다. 원래 이곳은 '임종의 방'이라 불리던, 죽음이 임박한 환자들을 위한 병실이었다. 예전엔 치료 기구가 선반 여기저기에 놓여 있었고 벽에는 구급 용기만 잔뜩 걸려 있었지만, 지금은 아이들의 시체만이 줄을 지어 누워 있을 뿐이었다. 이제 아이들은 더 이상 말하지도 움직이지도 못했다. 인생을 막 시작할 나이에 이들은 어둠을 맞이한 것이다. 그리고 그 어둠의 밤은 영원히 계속되어 그들에겐 더 이상 새로운 아침이란 없을 것이다.

갑자기 외부와 통하는 문이 열리며 빛이 쏟아져 들어왔다. 뒤돌아선 류다 앞에 젊은 군인 한 명이 서 있었다. 군인 뒤에는 시동이 걸려 있는 군용 포장트럭이 보였다. 군인은 아무 말 없이 아이들의 시신을 트럭으로 운반하기 시작했다. 날렵한 동작으로, 여섯번째로 누워 있는 이네사의 시체까지 트럭에 싣고 돌아온 군인은 이번엔 채 염습이 끝나지도 않은 처참한 사내아이의 시체마저 망설임 없이 들고 가 버렸다. 일곱 구나 되는 아이들의 시체를 모두 싣자, 군인은 시체 위에 국방색 담요를 한 장 씌우고는 짐칸 입구도 담요로 가려 버렸다. 그리고선 다시 돌아와 문을 닫고 가버렸다.

  잠시 후 트럭이 떠나는 소리가 들리자, 류다는 문을 열고 급하게 달려가는 트럭의 뒷모습을 바라보았다. 같이 서 있던 간호사는 이미 사라지고 없었다. 류다는 주머니에서 어젯밤 이네사가 전해 준 편지를 꺼냈다. 그리고선 걷잡을 수 없는 심정으로 다시 한 번 읽어내려갔다.

  드미트리는 죽은 거죠?
  부탁이 있어요. 제 오빠를 찾아 주세요. 오빠는 지금 눈먼 상태고, 이름은 이반 세로프예요. 누군가 도와주지 않으면 오빠는 살아갈 수 없어요. 제발 부탁이에요.

  이반은 조심스레 손을 뻗었다.
  소년은 탁자에 손이 닿는가를 확인했다. 잠시 후, 소년은 겨우 물컵을 잡았다. '휴우' 하고 안도의 한숨을 내쉰 이반은 잠시 그 감촉을 음미하면서 컵을 꽉 쥐었다.
  '이네사, 알고 있니. 너와 헤어지고 나서는 매일 이래. 컵 하나를 찾는 데도 이렇게 더듬어야 한단다.'

이반은 마음속으로 이렇게 중얼거리며 물을 마셨다.

'젠장! 이네사, 넌 지금 어디 있니? 네 걱정 때문에 밤마다 잠이 안 와. 정말이야. 내가 있는 곳이 어딘지 모르는 상황이라서 널 찾으러 가지도 못하는구나. 엄마도 걱정돼. 우리랑 떨어진 후 매일 울면서 지내시겠지. 엄마는 우릴 아주 많이 사랑하니까. 엄마를 행복하게 만들어 주고 싶었는데 이렇게 슬프게만 해드리다니. 아빠는 돌아가시고, 나는 눈이 멀었구나. 이네사, 너는 몸이 약해서 우리가 헤어질 때도 상태가 많이 안좋았는데. 엄마는 우리 걱정으로 많이 낙심하고 계실 거야. 이네사, 어떻게 해야 하지? 어떡하면 널 만날 수 있을까? 물론 의사에게 말해 보았어. 네가 어디에 있는지를 가르쳐 달라고 말이야. 그랬더니 건강하게 잘 있으니 염려 말라고 딴소리만 하더군. 나쁜 놈! 절대로 말을 안하더라고. 네가 어디에 있는지만이라도 알면 한결 마음이 놓일 텐데.

이곳에서 나는 완전히 혼자란다. 아무도 나에게 가르쳐 주는 사람이 없어. 이 병실이 얼마나 큰지 알아보려고 내가 어떻게 했는지 아니? 글쎄, 밤중에 몰래 바닥을 기어다니며 손바닥으로 일일이 재보았다니까. 이젠 아무 것도 무섭지 않아. 아무것도 모르는 채 이렇게 가만히 있는 것은 더 이상 견딜 수 없어. 언젠가는 반드시 여기서 빠져나가 널 찾아갈 테니까 건강하게 기다리고 있어. 절대로 포기하지 말자.

그러고 보니 엄마랑 헤어진 지도 어제로 일주일이 되었구나. 참 빠르다, 그치? 그런데 기분 나쁘게도 오빠는 병원이 어떻게 돌아가고 있는지 전혀 모르고 있어. 제대로 된 사람은 마르추크라는 의사 선생님뿐이야. 나머지 사람들은 내가 발전소 사고 이야기를 해도 귀담아들으려고 하질 않아. 내 직감인데, 아마 뭔가를 두려워하는 모양이야. 들어서 좋을 게 없다 이거지. 간호사들도 사고 이야기만 나오면 태도가 달라지는 것으로 볼 때, 내 생각이 맞을 거야. 흠, 이제 나는 숨소리만 들어도 그 사람이 뭘 생각하는지 대충 알 수 있거든.

그런데 마르추크 선생님은 달라. 물론 병실에 아무도 없을 때에만 이야기하면서 조심하고 있지만, 그분은 진심으로 나를 걱정해주고 있어. 네 일도 부탁해 보았는데, 찾기가 힘들 거라고 솔직하게 말해 주더군. 설명을 들어 보니 그럴 수밖에 없는 것이, 이곳에서 내 이름은 이반 세로프가 아니고 미콜라 네드바이로래. 명부에 가짜 이름으로 씌어 있는 거지. 그러니까 날 만나려면 미콜라 네드바이로를 찾아야 하는 거야. 정말 지독한 놈들이야,

하여튼 나는 하루 종일 누워 있을 수밖에 없단다. 맛도 없는 식사를 해야 할 시간만 빼고 말이야. 거의 아무하고도 이야기할 기회가 없지. 어제 헤아려 보니까 이 병실엔

침대가 열 개 있던데 다들 잠만 자고 있는 것 같아. 아니면, 모두들 많이 아픈 모양이야. 그나마 건강한 사람은 나뿐이지, 바로 네 오빠 말이야. 그나저나 낮잠도 이젠 신물이 난다, 이네사. 앗, 저 발소리는? 온다! 저분이야. 저 발소리의 주인공이 마르추크 선생님이란다. 검진 시간인 모양이구나.'

키가 작고 뚱뚱한 의사가 병실로 들어왔다. 의사 미하일비치 마르추크는 안경 너머로 실내를 한번 휙 둘러보고 나서 한 아이씩 진찰하기 시작했다. 세번째 아이를 진찰하고 나서 그는 알 수 없다는 듯 고개를 갸웃거렸다.

'왜 치료 효과가 나타나지 않을까?'

마르추크는 잠시 팔짱을 끼고 생각하다가 다시 다음 아이로 향했다.

이네사가 수용되어 있던 병원과 비교하면 심한 편은 아니었지만, 이곳 아이들도 일주일이 지나자 증세가 눈에 띄게 악화되고 있었다. 이반이 있는 병실에만 해도 누워 있는 아이들 모두가 빈혈 증세를 보이고 있었으며, 적혈구가 감소해서 시간이 갈수록 안색이 새파랗게 되어가고 있었다.

마르추크는 자신이 과연 얼마만큼 치료해 낼 수 있을지 의문이 들었다. 시간이 흐를수록 아이들의 상태가 점점 더 나빠지자, 그는 자신이 정말 의사인가 하는 회의마저 느끼고 있었다. 계속 수혈을 해도 아이들은 빠른 속도로 쇠약해지고 있었으니까. 마르추크는 이반의 침대로 다가와 가볍게 미소를 지었다.

"어떠니, 이반. 나다, 알겠지?"

"아까부터 알고 있었어요. 몸은 좀 괜찮은 것 같아요."

"쾌활해 보이니 좀 안심이 되는구나. 과연 대장부야."

갑자기 이반은 마르추크의 말에 발끈했다.

"쾌활하다고요? 선생님은 제가 속으로 얼마나 울고 있는지 모르시죠? 몸이야 다시 건강해질 수 있지만 이 눈으로는 아무 데도 갈 수 없다고요! 감옥 같은 병원에 갇혀서 말이에요."

"이반, 소리를 좀 낮추렴. 오늘은 천천히 너의 이야기를 들을 작정으로 왔으니까."

"죄송해요 오랜만에 이야기할 사람을 만나니까 나도 모르게 흥분했나봐요."

"그렇겠지. 어제 말하길, 네가 원자력 발전소의 폭발 장면을 보았다고 했던가?"

"네. 두 눈으로 똑똑히요. 그땐 멀쩡했으니까요."

"어땠지? 상당한 폭발이었을 것 같은데."

"꿈을 꾸는 줄 알았어요. 폭발할 것이라고 미리 알았다면 달랐겠지만, 우연히 보았기 때문에 잠시 동안 뭐가 뭔지 모르는 상태로 서 있었어요. 제 방에선 발전소가 바로 정면으로 보이거든요."

이반은 그 운명의 밤에 일어난 폭발에 관해 마르추크에게 차례차례 얘기하기 시작했다. 그러다가 이곳에 오기까지 겪었던 피난 과정에 대해서 이야기하던 중엔, 부모님과 여동생과의 이별이 떠올라 잠시 말을 잇지 못하기도 했다. 이반의 모든 이야기를 들은 마르추크의 얼굴 표정이 굳어졌다.

"아무래도 내가 너무 단순하게 생각하고 있었군. 정말 무서운 일이야. 내가 무섭다고 하는 것은 네 아버지가 돌아가시게 된 걸 두고 하는 말이란다. 그리고 앞으로 일어날 일들도 그렇고. 대체 이 나라가 어찌되려는지. 하지만 앞으로 우크라이나에서 무슨 일이 벌어질지 네 이야기를 듣고 나니 조금은 짐작이 되는구나. 그 사고가 네 실명의 직접적인 원인이라면, 이 병실에 있는 환자들의 상태가 왜 이런지 이해가 돼. 말해 줘서 고맙다. 그러나 이 이야기는 더 이상 다른 사람에게는 하지 않는 편이 좋겠구나. 그리고 앞으로 무슨 일이든지 나와 먼저 의논해다오. 아무도 없을 때 말이다."

"하지만, 전 누가 있는지 없는지 정확하게 알아낼 수 없는 걸요. 그러니까 그때는 제 손을 잡아 주세요."

마르추크는 알았다는 듯 이반의 한쪽 손을 꼭 잡았다. 따뜻한 의사의 손에 마음이 다소 밝아진 이반은 다른

쪽 손으로 의사의 얼굴을 더듬었다.

"안경을 끼셨군요. 머리카락은 무슨 색이죠?"

"백발. 지금은 완전히 하얗게 되어 버렸지."

"정말요? 그건 생각지도 못했는데. 목소리가 젊어서 그 정도 연세이신 줄 몰랐어요."

이렇게 말하다말고 이반은 깜짝 놀라 손을 움츠렸다. 손가락에 물방울 같은 게 떨어지는 것을 느꼈기 때문이다. 그것은 마르추크의 눈물이었다. 이반은 어색해서 어떻게 해야 하나 잠시 망설이다, 이내 의사의 손을 가볍게 들어 자신의 뺨 위에 올려놓았다.

"그러면 이만 가도록 하마. 의심받으면 안 되니까."

마르추크는 부드러운 목소리로 말한 다음 나머지 아이들을 진찰하고서 병실을 나갔다.

'그래, 마르추크 선생님은 내 이야기를 들으려고 간호사를 데리고 오지 않은 거야. 이네사, 저 선생님은 진심이야. 아까 얼굴에 손을 댔을 때 나는 선생님의 얼굴을 보았어. 눈이 안 보인 이후로 다른 사람의 얼굴을 확실하게 느낀 것은 이번이 처음이야. 항상 머릿속에 떠오르는 것은 너와 아빠, 엄마의 얼굴뿐이었으니까.'

이반은 마르추크 선생님 같은 진실한 사람과 마음이 통한 사실이 너무 기뻤다. 그래선지 그동안 웃음이 달아났다고 믿었던 얼굴에 자연스레 미소가 번졌다. 그렇게 마르추크는 비록 짧은 시간이었지만, 매일매일 이반과 이야기를 나눴다.

그런 가운데서도, 이곳에 수용된 지 이주일 째에 접어든 아이들은 심해졌다가 좀 좋아지고, 다시 심해지는 상태를 반복하기를 멈추지 않았다. 보름이 지나자 마침내 이반의 병실에서도 사망자가 나오기 시작했다. 그리고 그날, 첫 사망자로 인해 병원 전체가 긴장감에 휩싸였을 무렵, 한 중년 여성이 찾아왔다.

그녀는 이네사의 죽음을 지켜본 간호사 류다 소콜로프였다. 류다는 갖가지 소식에 귀를 기울이던 중, 이 병원에도 체르노빌의 아이들이 수용되어 있다는 소문을 마침 듣고 하루 휴가를 내어 찾아온 것이었다. 다행히 이 병원은 류다가 근무하는 병원에서 그리 멀지 않았다. 이반과 이네사는 차로 불과 한 시간 남짓 걸리는 거리에 있었던 것이다.

류다는 큰 기대감을 갖지는 않았다. 사실 어떻게 생각하면 미련한 짓인지도 몰랐다. 아이들이 수용된 병원이 어디 한두 군데도 아닐 테고, 이미 세상을 떠나 버린 한 어린 환자의 부탁 때문에 이곳을 찾아왔다는 것 자체가……. 더욱이 이반 세로프라는 소년을 설령 찾아낸다 해도 그녀 자신이 어떻게 도와줄 방법이 있겠는가. 이네사가 죽었다는 슬픈 소식만을 전하게 되어 오히려 소년을 절망에 빠뜨리게 할지도 모를 일이었다.

그러나 류다는 왠지 이반이라는 소년을 꼭 만나야만 할 것 같았다. 이네사의 체취를 조금이라도 느낄 수 있는 그 소년을 만난다면 지금의 답답한 기분이 한결 나아질 것 같았기 때문이었다. 그리고, 다른 무엇보다도 류다는 이네사와의 약속을 지키고 싶었다. 그날 이후, 그녀는 하늘나라에서 자신을 내려다보고 있을 어린 소녀의 그 애절한 눈빛을 한시도 잊을 수 없었다.

류다는 자신이 이반 세로프의 친척이라고 밝힌 다음, 이 병원에 그 아이가 입원해 있지 않으냐고 물었다. 그러자 접수처 직원은 이 여자가 어떻게 프리프야트 사람에 대해 알고 있을까 하는 의심의 눈길을 보냈다.

"키예프에 사는 어떤 부인의 연락을 받고 왔습니다. 지금 여기서 밝힐 수는 없지만, 아마 이름을 들으면 아실 만한 분입니다. 비밀은 지켜드릴 테니 최근 입원한 환자들의 명부를 좀 보여 주세요."

류다는 거짓말을 했다. 너무나도 태연한 류다의 모습에 직원은 믿을 만하다고 판단했는지 환자 명부를 펼쳐 보여 주었다.

"유감스럽게도 이 병원엔 이반이란 소년이 없는 것 같군요. 자, 보십시오."

류다는 명부를 샅샅이 살피기 시작했다. 그러나 아무

리 뒤져도 이반 세로프라는 이름은 없었다. 이윽고 직원은 이 병원엔 올해 열다섯 살 된 이반 세로프라는 실명한 소년은 확실히 없다고 다시금 힘주어 말하고선 명부를 덮어버렸다. 실낱같은 희망도 사라졌다.

슬픔이 가득한 채, 힘없이 병원을 빠져나오는 류다의 뒷모습은 더없이 쓸쓸하기만 했다.

키예프의 하늘 아래

"이봐, 빅토르. 이게 뭔가?"

알렉산드르 일리인은 의아해하며 들여다보던 문서를 비서에게 넘기며 물었다. 상관의 손에서 문서를 건네받아 살펴보던 비서는 곧 그에게 시선을 돌려 냉소를 흘리며 말했다.

"세로프 가족에 대한 주의 문서입니다. 이 가족은 특히 잘 감시하라고 씌어 있습니다."

"서명이 없던데. 대체 누가 보낸 문서인가?"

"모스크바에서 보내온 겁니다. 이 가족에 대한 조사는 이미 해놓았으니 염려 마십시오. 그 외에 열세 가족을 주의해서 감시하라는 지시입니다."

이렇게 말하고 비서는 세로프 가족에 대한 문서를 일리인에게 내보였다.

"그 가족이 어쨌다는 거야?"

"세로프 가족은 모두 네 명입니다. 안드레이, 타냐, 그리고 자녀가 둘입니다. 아들 이반과 딸 이네사죠. 이들은 원자력 발전소 폭발을 목격한 프리프야트 주민들인데, 그중 가장인 안드레이는 책임기술자로서, 사고 직후 결사대의 일원으로 뽑혀 발전소 뒷처리 작업중에 사망했습니다. 그는 공식 '영웅' 칭호를 받았습니다."

비서는 보고서를 보며 대충 가족들의 신상 내용을 설명하다 갑자기 고개를 들며 말했다.

"여기까지는 문제가 없습니다만, 아시다시피 아이들은 몇 군데의 병원에 수용되어 있습니다. 세로프 가족의 경우 아들과 딸을 격리해서 수용시켰는데, 딸 이네사는 병원에서 숨졌습니다."

"나이가 몇 살이지?"

"올해 열한 살입니다."

일리인은 비서의 대답에 잠깐 입술을 씰룩거렸다.

"좋아. 계속 말해 보게."

"아들 이반은 열세 살로 완전히 실명한 상태입니다만, 아직까지 몸 상태는 괜찮습니다. 그런데 어젯밤 이반이 수용되어 있는 병원에 어떤 여자가 찾아와 그의 소식을 물었다는데, 그냥 그 여자를 돌려보냈던 모양입니다."

"그게 무슨 문제란 말인가?"

"그 병원에 이반 세로프가 수용되어 있다는 사실은 보안 사항입니다. 어디에서 정보가 새어나갔는지 조사했어야 되지 않겠습니까? 병원 측에서는 나중에야 그 사실을 깨닫고 모스크바에 보고했다고 합니다. 그래서 모스크바에서는 특별히 세로프 가족을 주의해서 감시하라고 이곳 키예프에 지시를 내린 겁니다."

"그 아이에게는 엄마가 있잖아. 병원에 찾아왔다는 여자가 엄마가 아닐까?"

"그 아이의 엄마는 타냐라고 합니다. 그런데 병원에 찾아온 자는 다른 여자로 밝혀졌습니다. 그 여자가 자기는 고위급 인사의 측근이라고 했던 모양입니다만, 이제 막 조사에 착수한 터라 아직 사실 여부가 밝혀지지 않고 있습니다."

"타냐라는 여자를 조사해 보면 될 것 아닌가."

"아직 거기까지는 착수하지 못했습니다. 하지만 타냐의 거처는 알아놓았습니다. 피난민 대열에서 빠져나와 현재 키예프에 사는 언니 안나 루세프의 집에 머물러 있다고 합니다."

"그 언니라는 여자는 어떤 여자야?"

"글쎄요. 하지만 그 두사람에게는 혐의점이 없어 보입

니다. 병원의 소재를 타냐도 안나도 알 리가 만무하기 때문입니다. 안나의 남편 루세프도 지방관청 중급 관리로 나이에 비하면 그리 출세한 편은 아닙니다. 방향을 다각적으로 맞춰 봐도 아직 아무것도 확실히 잡히는 것이 없습니다. 아무튼 일이 커지지 않도록 빠른 시일 내에 손을 쓰겠습니다. 그 여자는 틀림없이 다른 병원도 찾아다닐 테니까 거기에 초점을 맞추도록 하겠습니다."

"음, 그래. 빅토르, 자네가 그 타냐 세로프라는 여자를 직접 미행하도록 하게. 실마리는 결국 거기서 나오게 되어 있으니까. 그 미지의 여자가 어떻게든 타냐를 찾아내어 언젠가는 두 사람이 만나게 될 것이네."

"그렇군요. 옳으신 말씀입니다."

비서는 세로프 가족 외의 다른 가족들에 대해 간단히 설명을 마친 다음, 이내 현장 근무를 위해 밖으로 나왔다.

비서가 빠져나온 곳은 높은 담에 둘러싸인 벽돌 건물로, 키예프 시내의 변두리에 위치하고 있었다. 그러나 일반 시민들 가운데 이 건물에 관해서 아는 사람은 거의 없었다. 게다가 누가 이곳에 대해 물어 오면 사람들은 한결같이 입을 다물었다. 이곳에 관해 입만 벙긋하는 것조차 위험하다는 것을 다들 잘 알고 있었기에.

체르노빌에서 차로 두 시간 정도의 거리인 대도시 키

예프는 겉보기엔 평온해 보였으나 사고가 발생한 지 십칠 일째가 되는 오늘, 거리 어디에도 아이들의 모습은 보이지 않았다. 지금 키예프는 세 번의 큰 변화를 겪고 난 뒤였다. 최초의 변화는 사고 직후에 일어났는데, 키예프 사람들은 원자력 발전소에서 사고가 터졌다는 소식을 듣고 두려움에 휩싸였다. 체르노빌 방면에서 엄청난 수의 피난민들이 한꺼번에 몰려들었기 때문에 더욱 그랬다. 피난민들은 집을 버려두고 자가용을 이용하거나, 또는 걸어서 이곳 키예프로 피난해 왔다. 그들은 대부분 급하게 피난오느라 아무 짐도 꾸리지 못했다. 또 체르노빌 부근 주민들 가운데 많은 사람들이 당국의 명령으로 인근 병원에 수용되었다.

　피난민들의 공포에 질린 모습은 이곳 키예프 사람들을 동요시키기에 충분했다. 그 가운데서도 아직 어린 십대 청소년들이 특히 생명의 위태로움을 느끼고 있는 것 같았다. 정부는 분위기를 진정시키고자 안전하다는 공식 발표를 반복했지만, 그럴수록 이곳 사람들은 더욱더 불안해했다. 이미 서방 국가에서는 정부의 공식 발표와 정반대의 내용을 방송으로 내보내고 있었기 때문이다. 사람들은 아무래도 상상하기조차 어려운 끔찍한 사고가 발생했을 것이라고 떠들어댔다. 우크라이나에 위치한 레사 우크라인카라고 불리는, 외제품을 전문적으로 취급하는 도시인 카시탄에는 서독·핀란드 등 서방 사람들이 갑자기 밀려들어 왔었다. 하지만 그들은 서둘러 탈출을 준비했고, 실제 며칠 지나지 않아 대부분이 떠나 버렸다.

그러나 사람들은 정부에서 반복하는 '안전하다'라는 말에 의심을 품으면서도, 한편으로는 사고 후에 닥친 메이데이를 경축함으로써 지금의 공포를 잊고자 노력했다. 메이데이를 뜻없이 보낸다는 것은 자신들의 존재 가치를 잃는 것과 마찬가지였기 때문이다. 이것이 두 번째 변화의 시작이었다. 메이데이의 화려한 시가행진은 사람들의 마음을 놀라울 정도로 안정시켜 주었다. 그로 인해 '아마 괜찮은 모양이다', '사고는 걱정했던 것보다 위험하지 않은가보다'라는 식의 조금은 낙관적인 분위기가 키예프의 거리에 넘쳐 흘렀다. 그러나 실제론 엄청난 양에 달하는 죽음의 재가 이 거리에 서서히 내려앉고 있었다. 결국 사람들은 시가행진을 하는 가운데 자신도 모르게 죽음의 재를 들이마시고 있었다.

그리고 '풍향이 바뀌었다'라는 정부의 공식 발표 후 키예프에 세 번째 변화가 일어났다. 체르노빌의 원자력 발전소에서 분출된 가스가 이곳 키예프 쪽으로 흐르고 있다는 발표는 이번에야말로 시민들을 충격과 공포 속으로 몰아넣기에 충분한 것이었다. 그럼, 지난번 메이데이 때엔 바람이 이쪽으로 불지 않았단 말인가. 사람들은 비로소 이제까지의 모든 공식 발표가 조작이었음을 알아챘다. 당국은 이제서야 실제 현황을 발표하기 시작했던 것이다.

설상가상으로 물 또한 위험한 상태라는 경고도 내려졌다. 키예프로 흘러 들어오는 드네프르 강물이 다량의 위험 물질로 오염되어 있다는 것이었다. 이렇게 되자, 사람들은 일제히 당국의 경고에 따라 매일 머리를 감았다. 창문이란 창문은 모두 닫았고, 건물이란 건물은 먼지를 털어내기 위해 세척했다. 중심 도로인 크레시챠치크 도로에는 물뿌리개 차가 돌아다니면서 필사적으로 거리를 씻어내고 있었다. 아울러 당국은 드네프르 강변에서 일광욕을 하는 것도 위험하다고 경고했으며, 아이들과 여자들은 아예 건물 밖으로 나오지 말라는 지시도 내렸다.

이렇듯 연이어 발표되는 경고에 키예프 시민들은 점점 더 불안해지기만 했다. 머리를 감는 데 사용하는 물은 대체 어디서 끌어오는 것인가? 그렇다면 지금 마시고 있는 물은 체르노빌에서 흘러 들어오는 드네프르 강물이 아니란 말인가? 마침내 사람들은 너도나도 키예프를 탈출하기 시작했다. 이 때문에 아이들을 먼저 피신시키려는 부모들과 부모를 두고 떠나기 싫어하는 아이들로 역과 공항은 발디딜 틈도 없이 꽉 차 있었다.

체르노빌 원자력 발전소가 폭발한 지 십칠 일째가 되

는 5월13일, 이제 키예프엔 정적만이 감돌고 있었다.

　지하철 안에 타고 있던 사람들은 타냐의 모습을 이상하다는 듯 힐끔거리며 쳐다보고 있었다.
　타냐의 어깨는 후들후들 떨리고 있었고, 눈은 어딘가를 뚫어지게 바라보고 있었지만 사실은 멍한 눈빛으로 아무것도 보고 있지 않았다. 이미 이주가 지났건만, 아직도 타냐의 손끝에는 자신에게서 강제로 떨어져 갔던 이반과 이네사의 감촉이 남아 있었다. 그것은 영원히 사라지지 않을 것이다. 그날 이네사는 오빠의 등에 업힌 채 엄마를 부르며 울부짖었고, 눈이 보이지 않는 이반은 엄마의 목소리가 들려오는 방향을 찾아 이리저리 고개를 돌리며 끌려갔다. 타냐는 두 아이가 사라져 가는 모습을 넋이 빠져 지켜보고 있었다. 이미 그때 자신의 인생은 끝났었다고 타냐는 회상했다.
　자식들과 헤어지고 난 후, 타냐는 낯선 마을로 이송되었고 그곳에서 이곳 키예프까지 도망쳐 왔다. 어쨌든 이곳 키예프까지 오게 되면 아이들의 소식을 들을 수 있을지도 모른다는 기대 때문이었다. 타냐가 이런 희망을 품고 키예프에 도착하여 언니 안나의 아파트에서 최초로 마주친 풍경은 자신과 엇갈려 이곳을 탈출하고 있는 엄청난 수의 사람들이었다. 그 광경을 보고서 타냐는 자신이 찾고 있는 단서가 이곳에서도 점차 사라져 가고 있다는 절망감에 사로잡혔다.

"잠깐만요. 말 좀 물을게요."

타냐는 거리를 지나다니는 사람 아무나 닥치는 대로 붙잡고 말을 걸었다. 특히 아이를 데려가고 있는 젊은 부부들을 발견하면 아이를 어디로 보낼 것인지 꼬치꼬치 물었다. 그러자 어떤 이는 모스크바로, 어떤 이는 코카서스로, 또 어떤 이는 흑해로 보낼 것이라고 대답했다. 반대로, 타냐에게 되묻는 사람들도 있었다. 그들은 초조한 얼굴로 정말 어디로 피해야 안전한가, 당신은 무엇인가 알고 있지 않느냐며 되물었다. 타냐에게도 점차 키예프의 상황이 이해되었다. 아무도 실상을 모르는 상태였던 것이다.

타냐는 지하철을 이용해 시내 각 병원을 돌아다니고 있었지만, 왠지 헛수고로 끝날 것임을 알고 있었다. 만일 이반과 이네사가 키예프에 있다면, 어떻게 해서라도 이모의 집으로 도망쳐 올 아이들이기 때문이다. 이반과 이네사는 현명한 아이들이니까. 하지만 타냐는 이반과 이네사에게 안나의 집 전화번호를 알려 주지 않은 것이 계속 마음에 걸렸다. 그런 생각을 하니, 오늘까지 아이들을 만나지 못한 게 자신의 탓만 같았다. 그러나 이반과 이네사가 키예프에 있다면 설령 전화번호를 모른다고 이모

집을 찾아오지 못할 아이들이 아니었다.

　타냐는 연락이 불가능한 그런 장소에 아이들이 수용되어 있을지도 모른다고 생각했다. 어쩌면 그곳은 예상 밖의 장소, 키예프의 시내일 수도 있다.

'전차에 타고 있는 사람들은 무엇 때문에 키예프에 남아 있을까? 바람이 이곳으로 불고 있는데 왜 도망치지 않는가. 역에서 기차를 기다리고 있던 사람들은 겁에 질려 있던데, 이 사람들은 침착해 보인다. 마치 내가 이상한 사람이라는 듯 쳐다보고 있지 않은가.'

　문득 타냐는 군인이 총 개머리판으로 내려쳤을 때 입은 오른팔의 골절 부상이 오히려 하늘의 도움이라는 생각이 들었다. 골절된 오른팔만 내세우면, 자신은 어느 병원에서나 당당하게 환자일 수 있었다. 그녀는 진찰을 기다리는 사람들 틈에 끼여 많은 이야기를 들었다. 그러나 체르노빌의 아이들에 관한 소문은 결코 들을 수 없었다.

　타냐는 실수인 척하며 입원 병동에 들어가기도 하고, 간호사의 시선이 허술한 틈을 타서 진료 기록부를 훔쳐보기도 했다. 그러나 어디에서도 아이들의 단서를 찾지 못하고 사흘이라는 시간을 허비해야 했다. 그래서일까. 피곤에 지친 타냐의 발은 이제 제대로 움직여지지도 않았다. 지하철을 내릴 때도, 엘리베이터를 탈 때도 무릎이 후들거릴 정도였다.

'피곤해서 그런가?'

순간, 타냐는 오싹해졌다.

'왜 이러지? 손톱 밑이 빨갛게 변하고 있잖아. 그리고 손의 이 반점은 원래 없던 것인데. 이네사가 누워만 있던 것도 무릎에 힘이 없어서였는데, 잘못하면 내가 그렇게 되겠군. 아무래도 피곤해서 그런 게 아닌가봐. 그래, 내 몸은 이 정도로 피곤을 느끼는 약골이 아냐. 키예프가 넓긴 하지만 오늘은 많이 걷지도 않았는걸. 아이들과 헤어진 지 벌써 이주일짼데, 이네사는 첫날부터 이랬었지. 아아, 벌써 이주일…… 이네사! 내 아기! 소원입니다, 하느님! 제발 아이들과 다시 만나게 해주세요. 왜 저를 살려두시는 겁니까? 제발 우리 아이들을 살려 주세요!'

타냐는 지하철역에서 안나의 아파트까지 석양이 붉게 물든 길을 걸었다. 거리에 다니는 사람들의 수가 어제보다도 훨씬 적어 보였다. 길가 건물들의 창문이란 창문은 모두 닫혀 있었고, 뛰어노는 아이들의 모습은 어디에도 보이지 않았다.

아파트 입구에 다다르자, 타냐는 이곳에 어울리지 않는 검은 대형 승용차 한 대가 멈춰 서 있는 것을 보았다. 그녀는 아파트 입구에 서서 힘이 빠져가는 다리를 걱정하며 구두 바닥을 닦아냈다. 입구에는 물을 흠뻑 품고 있는, 두꺼운 천으로 만들어진 넓은 신발닦이가 놓여 있었다. 타냐는 신발 바닥을 닦은 후 스카프를 풀고, 코를 가린 채 온몸에 묻어 있는 먼지를 털어낸 뒤 아파트 안으로 들어갔다.

조금 전 타냐가 그랬던 것처럼, 지금 키예프에서 '털어내기'는 장소와 상관없이 누구나 지켜야 하는 '법'이 되어 있었다. 하지만 대다수 키예프 사람들은 왜 이렇게 귀찮은 일을 해야만 하는지에 대해서는 잘 이해하지 못하고 있었다. 타냐처럼 불타는 원자로를 직접 목격한 사람과는 차이가 있을 수밖에 없었던 것이다. 방사능 낙진의 위험성은 쉽게 상상할 수 있는 것이 아니다. 아니, 인간의 상상력이 도저히 미칠 수 없는 것이다. 만일 인간이 신에 의해 창조된 생물이라면, 마땅히 신이 창조한 세계의 현상에 대해서 자연적으로 인식하게 되어 있다. 그러나 이 사고는 신이 창조한 세계의 현상이 아니었다. 그것은 바로 가장 신비한 신의 창조물인 원자를 파괴하는, 즉 신이 창조한 세계를 파괴하는 현상이기 때문이었다.

타냐는 계단을 올라가 3층에 있는 언니의 집 앞에 섰다. 문을 두드리자, 안나가 뛰어나왔다.

"어서 들어와. 오늘도 늦었구나."

동생의 표정을 살피던 안나는 타냐를 얼싸안았다.

"기운을 내. 나도 여기저기 알아보고는 있는데 아무도 아는 사람이 없네. 어디로 사라져 버린 건지 모르겠어."

"사라져 버리다니요? 아이들은 반드시 살아 있어요. 어딘가에 갇혀 있을 뿐이에요. 행여나 사라졌다는 말은 하지 말아요. 제발……."

언니 부부에겐 아이가 없었기에, 타냐는 이렇게 말하고 나서 아차 싶은 후회가 들었다.

'어쩌면 언니에게 나의 심정을 이해시키려는 것은 이 기적인 짓일지도 몰라. 그래, 내 심정을 알아 주길 바란다는 것은 무리지. 이 일은 어차피 우리 가족의 일이니까.'

타냐는 식사하고 싶은 생각조차 들지 않았다. 빵도, 우유도, 야채도 매일 아침 텔레비전에서 주의하라는 음식뿐이었다. 안나 부부는 그 음식을 태연하게 입에 집어넣고, 시중에 떠도는 이야기를 한참 늘어놓으며 침묵을 지키고 있는 타냐의 기분을 달래려 했다.

"울라디미르 언덕에 올라가 봤어?"

안나의 남편 보리스 루세프가 쾌활한 음성으로 물었다.

"키예프 최고의 명소지. 그곳에서 내려다보이는 드네프르 강은 꽤 괜찮은데."

"아뇨. 오늘도 병원만 돌아다녔어요. 아무래도 경치를 구경할 마음은 나지 않아서요."

"안심해, 타냐. 반드시 소식이 있을 테니까. 언제 연락이 올지 모르니 되도록 집에 있으라고 안나에게 말해두었어. 당국도 괜한 소문나지 않게 아이들을 치료하느라고 그런 것 아니겠어? 앞으로 일주일 후면 그때는 내가 쓸데없는 걱정을 했구나 하고 이야기하게 될 거야."

"아뇨, 그렇지 않아요. 제 부러진 팔을 한번 보세요. 그 사람들은 우리 생각과 좀 달라요. 무슨 짓을 할지 모른다고요."

빠른 말투로 그렇게 대답한 타냐는 다시금 자신이 언니 부부와 다른 세계에 놓여 있음을 깨달았다. 보리스는 마음속으로 타냐의 행동을 과민 반응이라 여기며 비웃고 있었던 것이다.

태연하게 전혀 다른 화제로 말을 돌려 떠들어대고 있는 보리스의 모습 때문에, 타냐는 당장이라도 방에서 뛰쳐나가고 싶은 충동을 느꼈다. 그렇지 않아도 틀림없이 어딘가에서 고생하고 있을 이반과 이네사 생각에 가슴이 찢어질 것만 같았다. 타냐는 먼저 가서 좀 쉬어야 되겠다고 말하고선 급히 방으로 뛰어들어갔다.

타냐는 침대에 누워 자기만의 세계로 빠져 들어갔다. 이제 누구의 방해도 받지 않은 채.

천장을 응시하며 타냐는 마음속의 세 사람을 불러냈다. 안드레이와 이반, 그리고 이네사가 타냐 주위에 모였다. 세 사람은 행복했던 프리프야트의 집에서 저녁 식사를 기다리고 있었다. 아이가 이미 세상을 떠나버린 것을 알 리 없는 타냐는 이네사를 품에 안은 채 열렬히 애무하고 있었다. 한참을 그러다가 그녀는 상념에서 깨어났다. 텅 빈 듯한 허전한 느낌만이 가슴에 몰려왔다. 문득 두 아이의 엄마로서 자신이 이제까지 보내온 삶이 허무하게만 느껴졌다.

'지금까지 내 인생에서 소중한 것은 무엇이었을까? 그래, 나에게는 다른 아무것도 없었어. 이반과 이네사, 그 아이들이 내 인생의 전부였어. 이반과 이네사는 학교에서 돌아와서도 서로 놀기에만 급급했지. 엄마는 거들떠 보지도 않고 말이야. 하지만 두 아이를 바라보고 있는 것만으로도 나는 행복했어. 아이들이 건강한 것만으로, 아이들이 나와 함께 있다는 것만으로 나는 행복했었지.

안드레이와 사랑에 빠졌을 때도 그랬던가? 아니, 조금은 달랐어. 사랑은 또 다른 고통이었어. 그 행복이 날아갈까봐 숨쉬기도 두려웠으니까. 그만큼 소중했으니까. 그런데 여태껏 그 사실을 잊고 살아왔다니. 미련하게도 나는 안드레이가 죽고 나서야 새롭게 깨달은 거야. 아! 안드레이…… 당신은 세상을 떠났는데 난 아직까지 살아 있어요. 그러나 죽지 않았기에 살아 있을 뿐이지. 당신 없는 타냐는 이미 죽은 것이나 마찬가지에요.'

타냐는 심호흡을 길게 내쉬며 억지로 마음을 진정시키려 애썼다. 그리고선 매일 밤 그랬듯이 어떻게 해야 아이들을 찾아낼 수 있을까 궁리하기 시작했다. 이반과 이네사를 빼앗아 간 당국에 탄원한다는 것은 무의미한 일이었다. 역시 혼자 찾아다니는 수밖에 없다고 결론을 내렸다. 그러자 생각은 또다시 장벽에 부딪혔다.

병원 내부를 몰래 살펴본다 해도 과연 병실 하나하나를 샅샅이 들여다볼 수 있겠는가? 이 방법으로 이반과 이네사를 찾으려면 우크라이나의 모든 병원을 다 뒤져서 수용되어 있는 환자를 일일이 확인해 보아야 했다. 타냐는 그 일이 사실상 불가능하다는 것을 알면서도 별다른 방법이 떠오르지 않았다. 지금으로선 더욱 굳게 마음을 먹는 것이 최선이었다. 타냐는 빨리 아침이 되길 바라며 머리맡에 있는 스탠드의 스위치를 켰다. 그리고 오늘 구해온 지도 위에 내일부터 돌아다녀야 할 곳을 표시해 나갔다. 그러나 타냐가 그러는 동안에도, 이 아파트 건물엔 서서히 죽음의 재가 계속해서 내려앉고 있었다.

소련 각지에서 사고 뒷처리를 하기 위해 소집된 사람들이 체르노빌 원자력 발전소로 속속 들어가고 있었다. 자신들의 행위가 얼마나 위험한 것인지를 깨닫지 못하고 무작정 원자로라는 괴물과 맞붙어 싸우려 마음먹은 채.

탈출

 이반은 병원에서 탈출할 방법을 찾고 있었다.
 하지만 혼자서는 아무것도 할 수 없었다. 우선은 눈먼 자신을 도와줄 사람을 찾아야 했다.
 '물론 마르추크 선생님이라면 도와줄 거야. 하지만 그렇게 되면 나중에 심한 문책을 당하게 되실지도 몰라. 그래, 마르추크 선생님에게도 비밀로 하고 도망칠 방법을 찾아야 해.'
 이반의 얼굴은 지금 불덩이처럼 뜨거웠다. 아침 일찍 눈뜬 이후로 열이 계속 나고 온몸 구석구석이 아팠다. 결국 소년은 눈을 떴다가도 몽롱한 의식 속에서 헤매다 다시 잠에 빠져들기를 수 차례나 반복했다.

이반은 그 이유를 알 수 없었다. 아마 매일매일 침대에 누워만 있어서 그런가보다 싶었다. 허리에도 힘이 없었고, 손으로 만져 보면 발목이 점점 가느다랗게 변하는 것 같았다. 그럴수록 이반은 곧 괜찮아질 것이라고 자기 자신을 다독였다. 조금만 지나면 아픔도 사라지고 몸도 회복될 것이라고 애써 긍정적으로 생각했다.

소년이 맞이하는 아침은 밝은 햇빛에 눈이 절로 뜨이고, 이윽고 주변 풍경을 기분 좋게 바라보는 그런 것이 아니었다. 더 이상 이반의 눈에는 아무것도 보이지 않았기 때문이다. 그 대신, 새소리가 시끄럽게 들리고 옆 침대에서 소년들이 부스럭거리기 시작하며, 얼굴에 따뜻한 햇볕이 느껴질 때 소년은 눈을 떴다. 그것이 이반이 맞는 아침이었다.

이반은 오늘도 엄마 타냐의 손길 같은 따스한 햇볕 때문에 살그머니 잠에서 깨어났다. 그런데 아침 내내 참기 어려울 정도로 아파져 오고, 몸이 제대로 말을 듣지 않는 것이었다. 볼은 둔하게 부풀어 올랐고, 눈꺼풀은 자꾸만 밑으로 처졌다. 그리고 마치 피가 혈관을 따라 흐르지 않고 멈춘 것처럼 온몸이 답답했다.

'두 아이는 지금 어떻게 되었을까?'

이반은 문득 며칠 전의 일을 떠올렸다.

사흘 전, 한밤중에 깨어 있던 이반은 우연히 두 소년이 속삭이는 소리를 들었다. 같은 병실에 수용된, 코랴와 그리라는 소년이었다. 두 소년은 밤에 창에다 시트를 걸어놓고 타고 내려가 이곳을 탈출하는 게 좋겠다고 속삭이고 있었다. 또 빵처럼 오랫동안 변질되지 않는 음식을 매일 조금씩 숨겨두었다가 나중에 도망칠 때 식량으로 삼자는 이야기도 귓가에 들려왔다. 이반은 가슴이 두근거리기 시작했다. 두 소년이 자신도 끼워 준다면 곧 자유의 몸이 될 수 있을 거라는 생각이 머릿속을 어지럽혔다.

물론 이반은 코랴와 그리라는 소년에 관해 잘 알지 못했다. 그러나 코랴라는 소년의 당찬 말투로 미루어 볼 때 왠지 믿음직스럽다는 생각이 들었다. 사실 이 삼엄한 분위기의 병원을 탈출하려는 것 자체가 대담한 일이지 않은가. 이반은 거절당할 것을 각오하고 코랴에게 부탁해 보기로 마음먹었다.

"나도 데리고 가줘. 그런 계획은 내가 정말 바라고 있던 일이야. 난 눈이 보이지 않지만, 밤에는 내가 너희들의 귀가 되어 주면 되잖아. 거절해도 난 따라갈 거야."

점심때쯤 창가에서 아무도 눈치채지 못하게 코랴를 붙들고 이반이 끼워달라고 부탁하자, 코랴는 시체라도 밟은 듯한 표정으로 이반을 쏘아보았다.

"눈먼 녀석과는 함께 도망갈 수 없다는 거니? 그럼, 중간까지라도 좋아. 뭐 어디 농가 앞까지만이라도 데려다

주고 너희는 가 버리면 되잖아. 나는 거기 근처에서 며칠이고 가만히 숨어 있을 테니까. 일단 나하고 헤어지면 너희는 마음대로 도망갈 수 있잖아."

코랴가 계속 거절하자, 이반은 자신이 비겁하다고 느끼면서도 이번엔 협박조로 다시 말했다.

"나를 끼워 주지 않으면 좋지 않을걸. 아마 여기서 나가기도 전에 붙잡힐 거야. 내가 너희 계획을 다 알고 있으니까. 나도 내가 무슨 짓을 할지 몰라. 부디 안 그러길 바라지만."

마침내 이반은 코랴에게서 허락을 받고 그와 악수했다. 알고 보니, 놀랍게도 바로 그날이 도망가기로 계획한 날이었다. 그래서 코랴도 이반의 부탁을 받아들이길 망설였던 것이다. 이반은 심장이 쿵쿵 뛰는 가운데서도 마지막 기회를 놓치지 않게 해준 하느님께 진심으로 감사했다.

밤이 찾아왔다. 열 시가 지나자 감시관도 없었고 간호사의 점검도 이미 끝났다. 달도 뜨지 않아 탈출하기엔 아주 좋은 날이었다. 세 소년은 제대로 말을 듣지 않는 자신들의 몸을 한탄하며 창문을 열고 바깥으로 시트를 늘어뜨렸다. 코랴, 이반 그리고 그리의 순서로 밖으로 내려섰다. 일단 병실 밖으로 나오는 데 성공하자, 그들은 쇠약해진 자신들의 몸에 새로운 기운이 넘쳐나는 것을 느껐다. 아마도 인간은 절박한 지경에 처하면 자신도 모르는 힘이 생겨나는 모양이었다.

어렵지 않게 병실을 빠져나오고 보니 나머지는 싱거울 정도로 간단한 일이었다. 병원에서는 아이들이 탈주하리라고는 상상조차 하지 못했다. 세 소년은 자신들도 놀랄 정도로 민첩하게 움직여 정원 뒤쪽으로 돌아가 아무에게도 들키지 않고 병원 밖으로 빠져나왔다. 이반은 밤의 찬공기를 느끼며 속으로 생각했다.

'여기는 대체 어느 마을일까?'

그러나 그리는 느긋하게 생각할 틈을 주지 않고, 이반의 손을 끌며 달리기 시작했다. 처음에 이반은 달리는 것이 무서웠다. 맞잡은 손에서 그런 이반의 두려움을 충분히 느낄 수 있었던 그리가 기세 좋게 달리며 소리쳤다.

"괜찮아. 절대로 안 넘어진다고 생각하고 뛰어! 무서워하지 마. 눈이 보인다고 생각하면서 달려!"

"알았어. 나하고 속도를 맞춰 줘. 그리고 멈출 땐 내 손에 꽉 힘을 줘. 그렇게만 해주면 난 괜찮아."

세 소년은 인기척이 없는 마을 한가운데를 쉬지 않고 달렸다.

"이반, 다 빠져나왔어."

얼마나 달렸을까. 그리가 이반에게 말을 걸어왔다.

"마을을 빠져나왔어. 제길, 그런데 여기가 도대체 어

디야? 길 이름이 적혀 있긴 하지만 한번도 들어본 적이 없는 곳이야."

이반이 달래듯 말했다.

"도로 어딘가에 표지판이 있겠지."

그러나 도로 주위에는 아무것도 보이지 않았다.

세 소년은 한참을 우왕좌왕했다. 그러다가 언제까지 이러고 있을 수만은 없다고 판단한 세 소년은, 도로는 아무래도 지나다니는 자동차와 낯선 사람들의 눈에 띌 것 같아서, 마침내 경사가 완만한 언덕을 따라 오르기 시작했다.

'정말 무모한 짓이었어. 여기서 도망칠 수 있다고 생각했던 것 자체가 어리석었어.'

이반은 침대 위에 누워 아쉬우면서도 통쾌했던 그날을 회상했다. 코랴와 그리도 옆 침대에 누워 있었다. 세 소년은 다음날 아침 추격대의 사냥개에 발각되어 병원으로 다시 끌려왔던 것이다.

'비록 이렇게 다시 잡혀오고 말았지만, 그날 밤 언덕 위에서는 정말 기분이 좋았는데. 다시 한번 시도해 볼까?'

하지만 이반의 상태가 급격히 나빠지기 시작한 것은 이곳에 온 지 한 달이 조금 지난 후였다.

소년들의 탈주 사건이 있은 다음부터 더욱 성심껏 아

이들의 이야기를 들어주던 마르추크의 표정이 날로 어두워졌다. 이반이 죽기 전날, 그는 이반의 머리맡에 서서 이렇게 말했다.

"코랴를 도망치게 해주고 싶었단다."

"무슨 뜻이죠?"

"너도 알고 있었겠지만, 코랴는 탈출하기 전부터 무척 쇠약한 상태였어."

여기까지 말하고선 마르추크는 갑자기 입을 다물었다.

"코랴가 죽었다는 말씀인가요? 그 녀석이……."

그러자 마르추크는 천천히 입을 뗐다.

"난 그앨 도망치게 해주고 싶었단다. 죽기 전에 부모님이 있는 곳으로 무척 돌아가고 싶어했거든."

"저도 이미 그럴 각오가 돼 있어요."

"어리석은 말은 하지 마라."

왠지 체념이 묻어나는 듯한 이반의 대답에 마르추크는 다소 화난 목소리로 말했다.

"하지만 오늘은 몸이 좀 이상해요. 이런 느낌은 처음이에요. 제게 아무것도 감출 필요 없어요, 선생님. 이젠 다 알고 있는 사실 아닌가요? 손도 발도 전혀 말을 듣지 않고, 몸도 이젠 제 몸 같지 않아요. 괜찮아요, 선생님. 이렇게 약한 내 모습을 있는 그대로 한번 똑똑히 봐두고 싶었어요. 인간이 죽을 때는 이렇게 되는군요. 이젠 각오가 돼 있어요. 아파서 괴로워할 때는 그래도 아직 살아 있다고 느꼈었는데……."

이 말을 하고 나서 이반의 말투가 변했다.

"그러나 지금처럼 감각이 없어지게 되면 설명할 수 없을 만큼 두려워져요. 지금 잠들면 깨어나지 못한다는 두려움 말이에요. 선생님의 목소리도 다시 들을 수 없게 될지도 모르죠. 저는 선생님과 헤어지고 싶지 않아요. 제 말의 의미를 아시죠? 좀더 살아서 선생님과 이야기를 나누고 싶다고요. 엄마가 정말 보고 싶어요. 이네사도 만나고 싶고요. 이렇게 죽어 버리면 모든 것이 끝장이겠죠."

"그런 말은 하지 말거라. 너는 날 괴롭히고 싶니?"

"아뇨. 그러나 어차피 죽게 될 것이라면…… 이제 곧 죽게 되는 것이라면 저에게 가르쳐 주세요. 조금이라도. 아니, 일 초라도 엄마와 그리고 이네사와 이야기를 나누고 싶어요. 제발 선생님, 말해 주세요. 잠들지 않으려고 애쓰고 있지만, 몸이 마음대로 되지 않아요."

마르추크는 이반의 손을 잡으며 목까지 올라온 말을 삼켜 버렸다. 그는 있는 힘을 다해 "잠들면 안 돼!"라고 소리치고 싶었다.

'나는 이 아이의 아빠가 아니다. 내 말은 힘이 되어 줄 수 없다. 그러나 어딘가에 있을 이 아이의 엄마에게 소리치고 싶다. 아들을 격려하고, 그리고 이제 그만 편히 쉬게 하라고. 신이여, 당신이 계신다면 이 아이를 구해 줘야 되지 않습니까? 지금 당장이라도! 그런데 왜 이 아이를 데려가는 겁니까? 왜 이 아이의 눈을 빼앗고 이렇게까지 고통스럽게 만드는 겁니까?'

마르추크는 자신이 나약한 인간인 것을 알고 있었다. 서글프게도 별다른 방법이 없었다.

"선생님, 이제 가세요. 혼자 생각하고 싶은 것이 있어요. 저도 알아요. 남은 시간이 얼마 없다는 것을요."

속삭이는 듯 작은 목소리였으나, 지금 이반은 온 힘을 다해 말하고 있었다.

마르추크는 아무 말도 하지 않고 병실을 나갔다. 마르추크가 나가자 이반은 숨을 가쁘게 쉬며 필사적으로 일어나려 했다. 그러나 불가능한 일이었다. 이반은 무엇이라도 생각하려 애썼다.

'이제 내가 할 수 있는 건 생각하는 것뿐이야. 나는 이제 곧 아빠 곁으로 가겠지. 그 전에 엄마와 이네사를 만나 이야기를 하고 싶어. 고맙습니다, 엄마. 행복했어요. 그래, 식구들과 있을 때 나는 행복했어요. 걱정마세요. 우린 다시 만날 수 있을 거예요. 그땐 식구들 전부가 모일 테죠. 하지만 지금 당장은 내게 남은 모든 시간을 생각하며 보내고 싶어요. 엄마, 마지막 시간이 얼마 안 남았네요. 아무도 없어요. 엄마의 얼굴에 내 뺨을 비비고

싶어요. 내 동생 이네사, 너를 꽉 안아 줄 수 있다면 얼마나 좋을까. 정말이지 이런 기분은 처음이란다.'

다음날, 이반의 모습은 이제 어디에도 보이지 않았다. 마르추크는 병실로 들어가기가 무서웠다.
'너는 열다섯 살, 나는 쉰 살이 넘었지. 우린 나이 차가 많이 나는구나. 그런데 네가 먼저 가 버리다니. 아니야, 죽는 데 나이가 무슨 상관 있겠어. 이반, 난 이렇게라도 생각하지 않으면 지금 이 병실에 들어갈 용기가 나질 않는단다. 죽어서는 안될 너 같은 아이들이 죽어가고 있는 게 현실이구나. 이반, 대체 누가 너희를 이렇게 만들었는지 가르쳐다오.'

이반의 시체는 거센 바람만이 불고 있는 황야에 매장되었다. 그곳에는 꽃다발도, 눈물을 흘려 주는 사람도 없었다.

이즈음 타냐는 비록 멀리 떨어져 있긴 했어도, 이반이 묻힌 우크라이나의 황야를 물들인 그 석양을 똑같이 받으며 잠시 멈춰 서 있었다.

그녀는 이 병원 저 병원을 날마다 돌아다니며 기력을 쏟아붓고 있었지만, 그 어떤 단서가 될 만한 소문도 들을 수 없었다. 하지만 언제부턴가 타냐가 눈치챈 것은 자신이 언니의 아파트로 돌아올 무렵이면, 어김없이 검은 승용차 한 대가 감시의 눈길을 보내고 있다는 사실이었다. 타냐는 그 차에 타고 있는 사람이라면 이반과 이네사가 있는 곳을 분명히 알고 있으리라 생각하면서도 물어볼 수가 없었다. 현실은 무서운 세계니까. 타냐는 이반과 이네사를 만나려면 이 무서운 세계에 섣불리 덤벼들지 말아야 한다고 생각했던 것이다.

정말이지, 타냐가 살고 있는 곳은 이상한 나라였다. 공개 정책이라는 말을 전세계에 선전하면서도, 뒤로는 많은 아이들을 슬그머니 어딘가에 매장하고 있었다. 정부의 힘은 강했다. 많은 사람들은 신문과 텔레비전을 통해 보도되는 당국의 허위 발표를 그대로 믿고 있었다.

타냐는 우크라이나의 대지에 뿌리를 박은 듯 버티고 서서 하늘을 올려다 보았다. 기울어 가는 태양이 사람들마저도 붉게 물들이고 있었다. 하지만 지고 있는 저 태양은 아침이 오면 또다시 어둠을 뚫고 나와 세상을 밝힐 것이다. 타냐는 자신이 기울어져 가는 저 태양과 같이 힘이 약할지라도, 언젠가는 반드시 찾아올 아침을 기다리며 꿋꿋하게 저항해 나가리라 결심하고 있었……

이 사건은 막이 올랐지만 전혀 내릴 생각이 없는 연극처럼, 시작은 있어도 끝이 없다.

사실상 연극은 이제부터 시작이었다. 그것은 이반의 죽음에서부터 시작되고 있었다. 무대는 우크라이나에서 전세계로 점점 확장되었다. 이네사와 이반의 목숨을 빼앗아 간 것은 극히 작은 입자였다. 이 입자는 때로 보이지 않는 투명한 공기 속에 숨어서, 산에서 흘러 내려오는 시냇물에 섞여, 고지에서 부는 바람에 실려 한없이 전세계로 퍼져 나갔다. 사람들은 원자로 안에 갇혀 있던 괴물을 '죽음의 재'라고 불렀고, 그것은 사람들에게 공포의 대상이었다. 그 괴물들이 지금 마치 요정이 날아다니듯 날갯짓하며 지구 곳곳을 떠돌고 있는 것이다.

헤아릴 수 없을 만큼 엄청난 수의 이 괴물들은 일천 미터 상공까지 단숨에 올라가 주위의 하늘을 잠시 시커멓게 만들었다. 실제로 체르노빌 원자력 발전소가 폭발했던 날 오후에 있었던 일이다. 모스크바에서 출발한 비행기 한 대가 키예프를 향해 날아가고 있었다. 이 비행기에는 많은 독일 여행객들이 타고 있었는데, 그들은 우크라이나 상공에서 이상한 광경을 목격했다. 태양이 눈부시게 빛나던 오후 세 시, 삼천 미터 상공이 갑자기 어두운 밤처럼 시커멓게 변한 광경을. 이 비행기는 체르노빌에서 솟구치고 있는 검은 구름 속으로 막 들어서고 있었던 것이다. 그때 프리프야트 주민들은 비행기로부터 내려다보이는 우크라이나의 초원에서 떼를 지어 대피하고 있었다.

 핵구름은 기세 좋게 성층권 끝까지 올라가 그곳에서 천장에 부딪힌 수증기처럼 사방으로 퍼져 나갔다. 핵구름은 결국 성층권을 둘러싼 하나의 막을 형성했고, 그 막은 날이 갈수록 점점 조밀해졌다. 지구는 이미 '죽음의 재'로 완전히 포위당했고, 지구상의 어떤 생물도 이 괴물들에게서 도망갈 수 없었다. 전세계 곳곳에 방목된 소들은 초원에서 풀을 뜯어 먹으면서 이 입자를 몸에 받아들이기 시작했다. 입자가 묻어 있건 상관없이, 소들에겐 여전히 맛있는 풀이었던 것이다.

 나아가 핵구름은 우뚝 솟은 이 산 저 산에 부딪히며 산간지대에 많은 비를 뿌렸다. 그 빗방울은 죽음의 재로 뒤덮인 나무들을 씻기고 다시 땅으로 스며들었다. 그리고 나무들은 그 빗방울을 흡수하며 쑥쑥 커갔다. 또한 그 빗방울은 땅에 웅덩이를 만들었고, 그 웅덩이는 이윽고 넘쳐 개울이 되었다. 그 개울은 주변 농토에 물을 대주는 저수지로 흘러 들어갔다. 저수지의 물은 논과 밭을 적셔 주었고, 봄을 맞이한 농토는 싹을 틔우기 시작했다. 그러는 동안, 체르노빌의 원자력 발전소에서 빠져나와 이곳까지 온 작은 괴물들은 작물 속으로 침투했다. 처음엔 지구의 상공을 둘러싸고 떠돌던 괴물들의 그물망이 이제는 지구를 옴짝달싹 못하게 죄고 있는 것이다. 빠져나갈 방법이 없었다. 타냐의 언니 안나는 전혀 신경 쓰지 않는 모습이었지만, 그녀의 식탁에 놓여진, 인간이 입에 넣고자 하는 모든 것들에 이 괴물이 침투해 있었다.

타냐 역시 애초엔 아무것도 몰랐다. 남편 안드레이는 체르노빌 원자력 발전소에서 일했다. 그녀는 그 사실을 자랑스럽게 여겼다. 그러나 지금에 와서 돌이켜보면 그것은 얼마나 무서운 직업이었단 말인가. 자신은 왜 좀더 일찍 그 사실을 알아채지 못했을까. 이렇게 끝날 줄 미리 알았어야 했다는 자괴감만이 지금 그녀의 마음속에 가득할 뿐이었다. 그리고 이반과 이네사를 지금과 같은 불행한 상황으로 이끈 것이 자신들이라는 생각까지 이르자, 그녀는 너무도 고통스러웠다.

그러나 체르노빌 원자력 발전소 폭발 사고는 타냐가 예상한 것 이상의 치명적인 결말을 향해 차근차근 나아가고 있었다. 희생자는 이반과 이네사, 그리고 프리프야트의 아이들만이 아니었다. 대지에 뿌리를 내린 '죽음의 재'는, 이윽고 전세계의 모든 아이들에게 검은 그림자를 드리우며 서서히 다가가고 있었던 것이다.

저자 후기

미래의 주인공들에게

1992년 4월 《LA타임스》에 체르노빌 원자력 발전소 사고 당시 인근에 살았던 사람들의 조사 결과가 실렸다.

체르노빌에서 수 킬로미터 떨어진 우랏시라는 벨로루시 공화국의 마을에 살다가 사고 후 거기서 피난한 235명의 주민을 추적 조사한 바 35명이 이미 암으로 사망했다는 기사였다. 이것을 비율로 따지면 전체의 15퍼센트에 이른다. 조사 대상 숫자가 너무 적어 이것만으로 결론을 낼 수는 없지만, 그래도 당시 체르노빌에서 반경 30킬로미터 내에는 13만 5천 명의 주민이 있었으므로, 결국 이 15퍼센트를 적용시키면 사망한 주민은 약 2만 명이나 된다. 게다가 살아남은 많은 사람들 또한 갑상선암 내지는 그 초기 증상으로 고생하고 있다고 한다. 이는 체르노빌 원자력 발전소 사고 조사단의 리더인 러시아인 의사 블라디미르 르팡딘과 미국의 전문가 그룹이 행한 조사 결과로, 르팡딘은 "체르노빌 원자력 발전소 사고의 치사성 피폭량은 지금까지 알려진 수준의 천 배에 달한다"라고 단언했다.

이것은 일반 주민에 관한 구체적인 조사 데이터로써, 실은 나도 처음 보는 자료였다. 예전에 사고 사망자가 6, 7천 명이라고 했던 발표는 어디까지나 사고 후 발전소에서 제염 작업을 하다가 피해를 입은 사람들이었고, 사고 후 6년간 주민의 피해에 대한 구체적인 숫자는 전혀 밝혀지지 않았던 것이다.

분명히 전에도 많은 전문가들이 "체르노빌 원자력 발전소 사고로 100만 명 규모의 사람들이 위험에 처해 있다"고 지적했었다. 우크라이나의 스피첸코 보건부장관도 "현재 우크라이나엔 위험한 상태에서 검사를 받고 있는 사람이 약 150만 명에 달한다"고 공식적으로 발표까지 했었다. 이 가운데 어린이들의 피해는 특히 심각한데, 그 150만 명 중에 35만 명은 어린이 숫자라고 한다. 또한 면역부전에 빠진 어린이가 이전의 3.5배로 증가한다는 보고가 있는데, 그 대부분 역시 체르노빌 원자력 발전소에서 방출된 방사능 때문으로 추정하고 있다.

한편, 《LA타임스》 기사에는 사고 직후부터 KGB가 우크라이나와 벨로루시의 의사들에게 그 피해 상황에 대해 입 밖에 내지 말도록 명령했던 것도 밝혀져 있다. 사고 후 방사선 장애에 빠진 다수의 사람들이 병원에 보내졌을텐데, 그

같은 압력 때문에 의사들이 거짓 병명을 붙였다면 도대체 어느 정도의 사람들이 사고가 직접 원인이 되어 죽었는지 전혀 알 수 없게 된다. 게다가 사고 당시, 소련 정부는 인근 주민들을 피난시켜 각지에 분산시킬 방침을 분명히 했다. 결국 수많은 작은 마을들로 흩어져 버린 방사능 피해자들이 거기서 어떻게 죽어갔는지 알 수 없게 되었고, 또한 사고와의 관계성을 확인할 방법이 사라졌으며, 이미 사망한 희생자 수를 조사하는 것도 역시 거의 불가능하게 되어 버렸다.

하지만 희생자는 지금도 늘고 있다. 많은 관계자가 지적하듯이 시간이 지날수록 사태는 더욱 악화되고 있으며, 체르노빌 원자력 발전소 피해가 '이제부터 명백하게 드러난다'는 것도 분명해졌다. 이 책 《체르노빌의 아이들》에 등장하는 이반이나 이네사처럼 사고의 직격탄을 맞은 어린이들을 어디로 데려갔는지도 여전히 베일에 싸여 있다. 그리고 여전히 세계 어느 보도기관도 그러한 어린이들의 행방에 대해서 아무것도 파악하지 못하고 있다. 소련이 붕괴되어 버린 오늘날, 과연 이 사실이 밝혀질 날이 올는지 어떨지는 나도 알 수 없지만, 적어도 13만 5천 명의 주민에 포함된 아주 많은 어린이들이 틀림없이 어딘가에서 지금도 고통 속에 몸부림치다 죽어가고 있을 것이다.

내가 처음으로 원자력 발전소에 대해 불안감을 갖게 된 계기는 십여 년 전에 신문에서 보았던 '원자력의 날' 특집기사였다.

기사에는 원자력 발전소의 미래상을 그리며 앞으로 세계에서 건설될 원자력 발전소는 수천 기로, 1기 당 사고의 위험성은 2만 년에 한 번이라고 나와 있었다. 얼핏 읽어 보면 2만 년에 한 번은 극히 적은 횟수 같이 여겨지지만, 만약 2천 기의 원자력 발전소가 있다고 계산하면 10년에 한 번 사고가 일어나도 전혀 이상할 것이 없다는 의미가 된다. 대학에서 엔지니어링 분야를 공부한 탓도 있겠지만, 당시 나는 방사선 관련 서적 번역일도 꽤 했기 때문에 방사능에 대해서 어느 정도는 알고 있었다. 그러므로 특집 기사를 읽은 나의 첫인상은 '이렇게 무서운 내용을 신문은 태연하게 잘도 쓰고 있구나'였다.

그 후 얄궂게도 원자력 발전소에 관한 문헌의 번역 의뢰가 나에게 쇄도했다. 그들 문헌에는 예외없이 핵발전의 위험성이 극명하게 씌어 있었다. 번역을 하면서 점점 무서워진 나는 원자력 발전소 문제에 결론을 내야만 한다고 생각하기 시작했다. 그래서 원자력에 관한 논문을 썼다. 현재 본인의 이름으로 출판되고 있는 서적의 근간을 이루고 있는 자료인데, 당시엔 출판사에 가져가도 아무도 상대해 주질 않았다. 그리고 '이렇게 노력해봤자 아무 소용 없다'고 포기할 즈음인 1979년 3월, 스리마일 섬에서 원자력 발전소 사고가 발생했다. 그제서야 나는 '내 생각이 틀림없다' 확신하고, 팸플릿을 만들어 번화가에서 나누어주기 시작했다. 그러나 팸플릿을 받아 든 사람들의 반응은 시큰둥했다. 스리마일 섬에서 그렇게 큰 사고가 났는데도 불구하고 아무도 원자력 발전소를 염려하지 않았다. 그 때문에 '양식 있는 인간이 일본에는 이다지도 없는가' 낙심하면서 돌아오는 날들이 계속되었다.

그러던 가운데, 원자력 발전소의 위험성을 호소하는 사람이 비단 나 혼자만이 아니라는 사실을 알게 되었다. 길거리에서 홀로 팸플릿을 나누어주고 있던 나에게, 어느 날 원자력 발전소 반대운동을 하고 있던 사람들이 말을 걸어 온 것이다. 결국 그때까지 내가 세상을 잘 몰랐을 뿐, 이미 원자력 발전소 예정지 등에서 반대운동을 하고 있는 사람은 의외로 많았다. 그리고 그런 사람들과 지식을 서로 모으며 함께 일하는 가운데, '막연히 반대하기보다는 우선 제대로 사실을 전하는 것이 중요하다'는 생각에서 원자력에 대해 알기 쉬운 책을 만들기 시작했다.

이 책은 원자력 발전소가 건설될지도 모를 현지에서는 뜨거운 관심과 더불어 즉각적인 반응을 이끌어냈다. 그러나 아쉽게도 여전히 대도시 사람들의 반응은 거의 없었다. 물론 하루하루 일상에 쫓기며 힘겹게 살아가는 사람들이 당장의 생계활동과 큰 상관없어 보이는 핵의 위험성을 절실히 깨닫게 된다는 건 결코 쉬운 일이 아닐 것이다. 그렇다 해도 결국 에너지 문제라는 것은 근본적으로는 대도시 문제인데, 정작 대도시 사람들은 그런 것에 무관심했던 것이다. 그래서 직접 또 만든 책이 《도쿄에 핵발전소를!》이라는 책이다. 제아무리 대안 부재를 내세우며 핵 발전소의 안전성을 논하더라도, 그런 핵발전소를 도쿄에 세울 수 없다면 그것은 거짓말일 게 뻔하기 때문이다.

그런 운동을 계속하는 가운데, 마침내 체르노빌 원자력 발전소에서 대사고가 터졌다. 불안은 현실로 다가왔다. 사고 소식을 듣는 순간, 나는 '이제 지구는 끝장날지도 모른다'는 절망감에 빠져 버렸다. 물론 내 진심은 그 모든 걱정이 기우이길 바랐다. 내가 잘못 알았다는 편이 훨씬 나으니까. 그런데 현실은 우려했던 그대로 맞아떨어지고 있었다. 요컨대, 인류가 죽음의 길을 걷고 있다는 것이 착착 증명되어 가고 있었던 것이다.

지구상의 대다수 사람들은 원자력이 인류에게 필요불가결한 것이라고 생각하고 있다.

그러나 실제로 원자력의 필요성은 이런저런 관련 종사자들에 의해 인위적으로 만들진 견해일 뿐이다. 원자력 산업은 원래 가장 이윤이 많이 남기로 유명한, 이른바 군수산업 가운데 단연 으뜸인 업종이다. 따지고 보면, 원자력 산업의 보급은 1950년대 일군의 독점자본가들이 돈벌이를 위해 그 보급을 획책한 데 기인한다. 따라서 원자력의 평화적 이용이란 것도 알고 보면 원자수소폭탄 산업을 경제적으로 성립시키려는 상당히 무리한 방법에 지나지 않을 뿐이다.

핵에너지 없이 에너지 위기 사태를 이겨낼 수 없다는 것 또한 잘못된 인식이다. 일본의 경우만 보더라도, 지금 전 일본의 원자로를 모두 없애도 전력 사정에 전혀 장애가 없다. 러시아로부터 홋카이도를 경유해 파이프라인을 설치하여

천연가스를 이용하면 된다. 석유는 유한한 에너지지만, 천연가스는 지질의 심층부에서 무한히 만들 수 있다는 것이 분명해지고 있다. 최근 지구 온난화 문제가 심각해지고 있고 원자력 에너지는 이산화탄소를 배출하지 않는 깨끗한 에너지라고 선전하고 있는데, 가스의 화력발전으로 배출을 유효하게 활용하는 쿼제네레이션(열병합발전)의 시스템을 완비하면 이산화탄소 배출량은 현재의 절반 이하로 줄일 수 있다. 결국 원자력 발전소 추진책은 세간에서 흔히 선전하는 에너지 부족 문제가 아니라, 독점자본의 이익과 결부된 문제인 것이다.

이 책《체르노빌의 아이들》을 내가 쓰기 시작한 것은 '지금 사람들이 원자력 발전소의 위험성을 느끼지 못한다면 머지않아 지구는 끝장이다'라고 생각했기 때문이다.

이제 다음 사고를 기다릴 여유가 없다. 체르노빌에서 멀리 떨어진 곳에서 살고 있는 대부분의 사람들에겐 '대사고'라는 말이 여전히 실감나지 않겠지만, 실제로 자신들의 생활 속에서 무슨 일이 일어날까를 알게 된다면 원자력 발전소를 절대로 용납할 수 없을 것이다. 나는 그것을 위해 어쩌면 실제 일어났을지도 모를 일들을 소설 형태로 쓰기 시작했다.

우리가 원자력 발전소에 대해 여러 가지를 알고자 하는 것은 원자력공학자가 되기 위함이 결코 아니다. 그저 자신과 가족을 지키고 싶은 마음 때문이다. 나는《체르노빌의 아이들》을 통해 핵발전이 우리들 한 사람 한 사람의 인생을 어떤 비극 속으로 빠뜨려 가는가를 절실히 알리고 싶었다. 이 소설을 통해 원자력 발전소의 공포를 현실의 일로 느낀 독자들이 늘어났다면, 그것은 무엇을 의미하는 걸까? 부디 한 번쯤 생각해보길 바란다.

이제 마지막으로, 지금부터 어른이 되어 갈 어린이들에게 꼭 들려주고 싶은 말이 있다. 그것은 바로 "어른들을 결코 본받지 마라!"는 것이다. 좀 심하다고 여길지 모르겠지만, 나는 현재의 어른들이 정말로 스스로 어른이라고 생각한다면 그에 어울리는 행동을 하기를 진심으로 바란다. 적어도 어른이라면 현실을 직시해야만 하고, 또 우리 아이들을 지키도록 적어도 노력을 해야 한다. 이것은 의무 이전의 기본적인 문제가 아니던가.

그럼에도 어른들의 세계는 지금 극심한 허무감에 빠져 있다. 그것은 자라나는 아이들에게도 속속 침투하고 있다. 심지어 아이들마저도 환경파괴 등 여러 문제가 쉴 새 없이 터져 나오는 요즘엔, '지구는 더 이상 지탱할 힘이 없는 게 아닐까'라고 느끼고 있을 지경이다. 정말이지, 나는 이런 현실이 견딜 수 없을 만큼 싫다. 하지만 "이대로 가면 인류에게 내일은 없다!"는 진정한 고백이 시작될 때, 지금의 비극을 극복하는 새로운 희망이 열릴 수 있다고 믿는다. 누구나 알다시피 절망적인 상황을 모르고는 참 희망이 있을 수 없다. 그러나 지금의 어른들이 주는 허무감은 예외 없이 퇴폐를 향해 나아가게 되어 있다. 어른들을 본받지 마라는 것은 그러한 무의미한 허무와 냉소를 거절하고, 현실을 직시하며 새 희망으로 나아가기를 간절히 바라기 때문이다.

나는 이제부터라도 자라나는 아이들이 가정에서 혹은 친구들과 원자력 발전소 문제를 토론했으면 하고 바란다. 또한 우리 아이들이 벨로루시나 우크라이나 사람들이 지금 말하고 싶지 않는 무서운 현실을 자신들의 문제로 이해하길 바란다. 어른들에게 들어서가 아니라, 자신들의 노력과 의지로 지금 무슨 일이 벌어지고 있는가를 올바로 알기를 바란다. 원자력 발전소의 물질적 피해 등은 수치로 나타내면 그뿐이지만, 죽는 것은 어디까지나 단 하나뿐인 생명이다. 한 사람 한 사람이 그것을 알고 용기를 내어 원자력 발전소 건설은 이제 그만하라고 말한다면 반드시 현실을 바꿀 수 있다.

요컨대, 희망에 찬 미래를 창조해 나가는 것은 지금부터의 어른들, 바로 그대들인 것이다.